Aurelia

Jana

Emily Palmer

Die Funkelponys

Geheimnis um Stella

Weitere Bücher dieser Reihe:
Die Funkelponys. Eine Freundin für Sunny (Band 1)

Emily Palmer

machte als Kind die Ponyrücken von der Heide über Holstein bis nach Dänemark unsicher und ist sogar schon mal in Südafrika geritten. Sie lebt mit Mann und zwei Söhnen zwischen Bäumen und Pferdekoppeln in der Lüneburger Heide. Dort schreibt sie alles, was man für Kinder zwischen Buchdeckel pressen kann: Sach-, Rätsel- und Bastelbücher, Schulbücher und natürlich Geschichten, unter anderem im Rahmen einer bekannten Pferdebuchreihe.

Emily Palmer

Die Funkelponys

Geheimnis um Stella

Mit Illustrationen
von Josephine Llobet

Arena

FSC
www.fsc.org
MIX
Papier aus verantwortungsvollen Quellen
FSC® C110508

1. Auflage 2019

Umschlagillustration: Marie Beschorner
Innenillustrationen: Josephine Llobet
Umschlaggestaltung: Juliane Lindemann
Gesamtherstellung: Westermann Druck, Zwickau GmbH
ISBN 978-3-401-60503-6

www.arena-verlag.de

Kapitel 1
Sommerfunkeln

Grillen zirpten. Der Duft von frisch gemähtem Heu lag in der warmen Luft. Die Sonne spiegelte sich im Lichtersee und seine Oberfläche funkelte wie Millionen Diamanten.

„Der Sommer ist schön, oder, Sunny?“, fragte Fiona glücklich. Sie saß auf dem Rücken ihres goldfarbenen Lieblingsponys und ritt mit ihm am Seeufer entlang. Hier spendeten knorrige Bäume ihnen immer wieder Schatten. Fiona trug kurze Hosen und ein Paar alte Turnschuhe. Trotzdem schwitzte sie und Sunny auch.

Das Pony schnaubte wie zur Antwort und warf den Kopf zurück, dass seine helle Mähne wild hin und her flog. Fiona lächelte. Selbst bei diesem heißen Wetter war Sunny noch zu Späßen aufgelegt. Sie war einfach immer fröhlich!

„Ausreiten ist zwar total super, aber ich freue mich trotzdem, wenn wir auf den Hof zurückkommen. Leo hat gesagt, dass selbst gemachte Limo auf uns wartet. Zitrone-Holunder, eiskalt, mhmm“, sagte Leni. Das Mädchen mit den blonden Locken ritt vor Fiona auf Tiger, einem Fuchswallach. Sie redete wie immer sehr viel und sehr schnell.

„Dann lasst uns schneller reiten!“, rief Aurelia, ein großes Mädchen mit langen schwarzen Haaren, das ganz vorne ritt. „Abteilung, Teee-rab!“ Brav trabten alle an. Aurelia spielte sich gern ein bisschen auf. Als Fiona auf Hof Lichtenberg mit Reitstunden angefangen hatte, war ihr Aurelia ziemlich unfreundlich vorgekommen. Aber inzwischen wusste sie, dass das Mädchen unter seiner harten Schale einen weichen Kern hatte.

„Ich habe auch Durst. Und Opal bestimmt auch“, sagte Jana. Mit ihrem Lieblingspony, dem Rappen Opal, trabte sie neben Fiona und Sunny. Die beiden Ponys liefen so dicht zusammen, dass Fionas Knie immer wieder an Janas stieß.

„Hey, Sunny, träumst du?“, fragte Fiona. Sunny drehte den Kopf ein wenig und blitzte Fiona unter ihrer langen hellen Stirnlocke hervor verschmitzt an. Dann schüttelte sie leicht den Kopf und machte einen kleinen Bocksprung. Fiona musste lachen. Sie war an Sunnys wilde

Späße gewöhnt. Das Pony war einfach immer fröhlich und ausgelassen! Deswegen mochte Fiona Sunny ja auch so sehr.

Aber das war noch nicht alles. Zwischen ihren seidenweichen Ponyfransen versteckt, trug Sunny einen goldenen Edelstein. Dieser schimmernde Stein aus goldfarbenem Pyrit war das Zeichen, das sie wie Tiger, Luna und Opal ein Funkelpony war. Wenn es jemandem schlecht ging, konnte Sunny ihm neue Lebensfreude, Heiterkeit und Schwung schenken. Aber das ging nur zusammen mit Fiona, ihrer Reiterin und engen Funkelfreundin. Auch Tiger, Luna und Opal hatten besondere Fähigkeiten: Tiger löste mit Leni knifflige Probleme und Rätsel, Luna und Aurelia leisteten Beistand in schwerer Not und Opal konnte mit Jana bei Veränderungen im Leben behilflich sein.

Glücklich tastete Fiona nach ihrem eigenen Funkelstein, den sie an einer Kette unter ihrem T-Shirt versteckt trug. Er war genauso wunderschön goldschimmernd wie Sunnys Stein und das Zeichen dafür, dass Fiona und Sunny ganz eng zusammengehörten. Fiona war wahnsinnig stolz, dass sie ihren Stein von Leonore Lichtenberg, der Hofbesitzerin, bekommen hatte. Denn zuerst waren alle überzeugt gewesen, dass Sunny gar kein Funkelpony sei. Fast wäre sie sogar verkauft worden! Doch dann hatten Fiona und Sunny einem kleinen Mädchen namens Mila geholfen, das trotz schrecklichen Heimwehs die Sommerferien auf Hof Lichtenberg verbringen musste. Inzwischen war Mila längst wieder zu Hause. Sie hatte aber sofort eine Postkarte an ihre „liebe große Schwester Fiona" geschrieben.

Die Sommerferien waren vorbei, die Schule hatte begonnen. Fiona, die erst zu Anfang der Ferien ins Dorf gezogen war, hatte Glück gehabt: Sie war mit Jana in die 5. Klasse gekommen. Leni und Aurelia besuchten die Parallelklasse.

Obwohl sich der Sommer seinem Ende entgegenneigte, war es heiß am Lichtersee. Fiona, Leni, Jana und Aurelia waren froh, als sie Hof Lichtenberg erreichten. Die Hängebauchschweine Lise und Lotte lagen reglos im Schlamm ihres Auslaufs. Leonore und ihr Mann Till hatten sich in ihrem alten Fachwerkhaus verkrochen. Nur der Hofkater Herr Elch mochte die Wärme. Er lag auf einer Bank in der Sonne und sah den Reiterinnen träge entgegen.

Mädchen und Ponys betraten den schattigen Stall. Hier befand sich neben den Boxen auch ein geräumiger Putzplatz und es war weniger heiß als auf dem Hof. Sie sattelten und trensten die Ponys ab, rieben sie mit Stroh trocken und kontrollierten ihre Hufe.

„Limo-Service! Ist hier vielleicht irgendjemand durstig?“ Leonore Lichtenberg betrat den Stall. Sie war noch jung, hatte lange braune Haare und war eigentlich nie ohne Reithosen anzutreffen. In den Händen balancierte sie ein Tablett mit zwei Flaschen und fünf Gläsern und stellte es auf einem Strohballen ab. Sie schenkte den Mädchen ein und die griffen dankbar zu.

„Danke, Leo“, sagte Leni. „Das schmeckt super. Meine Mama hat auch schon mal Holunderblütensirup gemacht, aber die Limo war viel zu süß und nicht so erfrischend wie deine. Machst du extra viel Zitronensaft hinein? Ach egal, eigentlich wollte ich dich etwas ganz anderes fragen. Gibt es etwas Neues von … du weißt schon, was ich meine?“

Leonore lachte. „Langsam, Leni, sonst fliegen mir noch die Ohren weg.“ Sie wurde ernst und legte einen Finger auf die Lippen. Rasch trat sie zur Stalltür und sah auf den Hof hinaus. Als sie zurückkam, sagte sie: „Alles klar, Till ist noch drinnen, ich sehe den Fernseher laufen. Wir können also frei sprechen. Außer uns darf niemand davon wissen, vergesst das nie!"

Fiona nickte. Sie wusste, wovon Leonore sprach: von der Funkelmagie. Außer ihr und den vier Reiterinnen der Funkelponys wusste kein Mensch von den Funkelsteinen und den besonderen Fähigkeiten der Ponys. Und das sollte auch so bleiben.

„Ja, es gibt etwas Neues", sagte Leonore. Sie leerte ihr eigenes Limoglas und wischte sich den Schweiß von der Stirn. Dann strahlte sie die Mädchen an. „Mein Besuch gestern beim Reitverein war ein voller Erfolg. Heute Nachmittag schon kommt das neue Pony! Wir treffen uns also heute Abend auf der Funkelwiese."

Fiona, Leni, Jana und Aurelia tauschten aufgeregte Blicke. Ein neues Funkelpony würde auf den Hof kommen! Sie hatten jede Menge Fragen: „Was ist es für eins?" – „Wie sieht es aus?" – „Wie heißt es?" – „Kennst du schon seine besondere Fähigkeit?"

Lachend wehrte Leonore ab. „Heute Abend", sagte sie nur. „Um acht, dann geht die Sonne schon fast unter."

Es half nichts, Fiona und die anderen mussten sich gedulden.

Die vier Mädchen brachten die Ponys auf die Koppel am See. Von hier aus konnte Fiona am gegenüberliegenden Ufer das Lichterseebad sehen, ein Schwimmbad mit Naturstrand, Liegewiese, Steg ins Seewasser – und ihren Eltern: Jan und Andrea Feldbaum, den Betreibern des Naturschwimmbads. Bei heißem Sommerwetter wie heute war es proppenvoll. Fiona konnte ihre Eltern im Gewimmel nirgends entdecken.

Ein Nasenstüber Sunnys riss Fiona aus ihren Gedanken. Schmunzelnd klopfte sie ihrem Lieblingspony den Hals. „Du bist auch noch da, ich weiß", sagte sie. „Ich habe nur kurz nach meinen Eltern gesehen. Vielleicht kann ich vor dem Abendessen noch eine Runde schwimmen! Danach komme ich wieder auf die Funkelwiese." Sie gab Sunny einen Kuss zwischen die Nüstern und winkte ihren Freundinnen. Sunny ließ zum Abschied ein leises Wiehern hören, stieg einmal kurz hoch und trabte dann eine Runde um die Koppel. Lächelnd ging Fiona davon.

Nach einem erfrischenden Bad im Lichtersee und dem Abendessen am Schwimmbadkiosk verabschiedete sich Fiona von ihren Eltern. „Ich fahre noch mal kurz zum Hof", erklärte sie. „Leo hat uns eingeladen. Sie will uns das neue Pony zeigen."

Ihr Vater strich ihr über den Kopf, konnte die Augen aber nicht vom See lösen, weil er die Schwimmer beobachtete. „In Ordnung“, sagte er. „Soll ich dich nachher abholen?“

„Och nö, Papa!“, wehrte Fiona ab. Auf keinen Fall durfte ihr Vater etwas von den Funkelponys oder ihrer Magie erfahren! „Leni und ich haben doch fast den gleichen Heimweg. Und ich habe ja auch das Handy dabei.“

„Na gut, Schatz, dann bis später. Um neun bist du bitte zu Hause. Achtung, da drüben! Auf dieser Seite nicht vom Steg springen!“ Ihr Vater eilte davon, um ein paar Mädchen zu ermahnen.

Wenige Minuten später radelte Fiona zum Dorf hinaus und durch die Felder. Sie fuhr aber nicht zum Hof, wie sie es ihrem Vater gesagt hatte, sondern zur Koppel am See. Die Sonne stand schon tief und blendete sie. Doch an der Weide spendeten die alten Bäume am Seeufer ihr Schatten.

Leni und Jana warteten bereits am Koppelzaun. Kurz darauf kamen Aurelia und Leonore dazu. Leonore führte das neue Pony am Halfter. Es war eine Stute mit grauem Fell und hell geflecktem Gesicht. Sie war zierlich und hübsch, ihre lange Mähne wehte lustig um sie herum.

„Das ist Stella“, sagte Leo, als sie bei den Mädchen anhielt. „Ich habe die Funkelmagie bei ihr gespürt, so wie meine Großmutter es mir beigebracht hat. Wollen wir gleich zusammen auf die Funkelwiese gehen? Dort möchte ich einen Stein für Stella aussuchen.“

Leni eilte voraus und öffnete das Gatter zur Koppel. Sunny und die anderen Ponys traten zurück, um die Besucher hineinzulassen.

„Kommst du mit, Goldpony?“, fragte Fiona Sunny leise. *Goldpony* war ihr Spitzname für Sunny gewesen, als sie deren echten Namen noch nicht kannte. Und er passte immer noch wunderbar zu ihrem honigfarbenen Fell und dem goldenen Funkelstein.

Fiona, Sunny und die anderen gingen über die Koppel bis zu einer Stelle, wo eine einzelne mächtige Buche mit dunkelroten Blättern stand. Ihre meterlangen Äste schirmten den hinteren Teil der Koppel ab. Vom Zaun, von den Feldern und vom Lichtersee war hier nichts mehr zu sehen. Wie immer, wenn sie unter dem mächtigen Baum hindurchschritten, fegte ein Funkeln wie ein warmer Windhauch über Fiona und Sunny hinweg. Sie hatten die Funkelwiese erreicht.

Die Funkelwiese war wie aus einer anderen Welt. Ein

zartes Glitzern lag auf den Grasspitzen. Ein kleiner Bach plätscherte Richtung See. Sogar die Luft schmeckte irgendwie besonders. Leonore ging mit Stella zielstrebig auf den Bach zu.

Fiona fiel zum ersten Mal auf, wie steinig das Bachufer war. Doch es waren nicht nur normale Kiesel, die vom kühlen Wasser berührt wurden. Hier und da, zwischen den grauen, weißen und schwarzen Steinen, funkelte und glitzerte es in allen Farben des Regenbogens.

„Das müssen alles Funkelsteine sein", flüsterte Fiona Sunny zu. Das Pony nickte kurz. Während Fiona und die Mädchen Leonore beobachteten, interessierte Sunny sich mehr für das saftige, schmackhafte Gras.

Leonore sah sich um und machte ein paar Schritte nach links und rechts, als ob sie etwas ganz Bestimmtes suchte. Mit einem heiseren Schrei flatterte ein schwarzweißer Vogel herbei und ließ sich am Ufer auf einer alten Wurzel nieder.

„Hallo, Else", begrüßte Leo die zahme Elster. Der Vogel lebte auf der Funkelwiese, kam aber häufig zu Besuch auf den Hof. Die Funkelmagie kannte er mindestens genauso gut wie Leonore selbst.

„Iiik!", machte Else und wippte mit dem Kopf, als

würde sie sich verbeugen. Fiona grinste. „Die macht ja Späße genau wie du, Sunny!“, flüsterte sie ihrem Lieblingspony zu. Doch sie hatte sich geirrt. Die nickenden Bewegungen der Elster waren kein Spielchen, sondern ein wichtiger Hinweis: Sie deutete mit dem Schnabel auf etwas Blaues, das direkt vor ihren Krallen am steinigen Bachufer lag.

Leonore bückte sich und hob den Gegenstand auf. „Danke, Else“, sagte sie und strich dem Vogel über den Kopf. Mit ausgestreckter Hand drehte sie sich zu den Mädchen um.

Fiona zog überrascht die Luft ein. Auf Leonores Handfläche schimmerte es so blau wie der Himmel kurz vor dem Sonnenaufgang. Es waren ein Stein, nein, zwei Steine. Beide waren himmelblau und in der Mitte funkelten helle Linien. Es sah aus, als wären zwei Sterne am Himmel versteinert.

„Oh, wie schön!“, hauchte Fiona. „Oder, Sunny?“

Das Pony sah auf und schnaubte begeistert.

„Das sind Sternsaphire“, erklärte Leonore. „Sind sie nicht wundervoll? Sie stehen … lasst mich nachdenken … sie stehen für Ruhe und Frieden. Das ist Stellas besondere Fähigkeit.“

Leni riss die Augen auf. „Moment, das heißt doch wohl …“ Sie überlegte kurz. „Das heißt, Stella ist gefragt, wenn jemand Unruhe, Stress oder Angst verspürt. Richtig? Das ist ja großartig! Mensch, das wäre echt etwas für meine Mama. Die ist vielleicht gestresst im Moment!“

„Wegen des Holunderblütensirups?“, warf Fiona ein.

Alle lachten.

„Nein“, meinte Leni dann. „Weil es so heiß ist.“

„Du hast Stellas Gabe sehr genau beschrieben, Leni“, bestätigte Leonore. „Aber du weißt ja, die Funkelponys setzen ihre Fähigkeiten nur ein, wenn sie wirklich gebraucht werden. Nur wenn ihre Steine funkeln. Außerdem hat Stella ja noch gar keine Funkelfreundin."

„Trotzdem", meinte jetzt Jana. „Ich finde, Ruhe und Frieden zu verbreiten, ist besonders schön."

Alle nickten. Leonore streichelte Stella den Hals. Die Stute schnaubte und scharrte mit einem Vorderhuf im Gras. Sie wirkte selbst ein wenig unruhig. Aber das war kein Wunder, fand Fiona. Immerhin war hier alles noch ganz neu und fremd für sie. Stella kannte weder die anderen Ponys noch die Menschen.

Leonore ließ einen der beiden Steine in die Tasche ihrer Shorts gleiten. „Für deine Funkelfreundin, Stella", sagte sie. „Hoffentlich kommt sie bald zu uns." Dann zupfte sie eine graue Strähne aus den Stirnfransen des Ponys und fädelte den Funkelstein darauf. Er hatte wie alle Funkelsteine ein Loch an der Rückseite. Leonore flocht die Haare zu einem festen Zopf. Dann löste sie das Halfter von Stellas Kopf.

„Willkommen bei den Funkelponys!", sagte sie.

Das Pony schüttelte sich und der blaue Sternsaphir verschwand unter den Stirnfransen.

Sunny ging auf Stella zu, stupste sie an und lief ein

paar Schritte davon. Sie warf einen Blick zurück, als wollte sie sagen: »Na, komm schon! Spiel mit mir!«

Im nächsten Augenblick trabten Sunny und Stella, Opal, Luna und Tiger gemeinsam über die schimmernde Funkelwiese. Leonore und die vier Funkelmädchen sahen ihnen glücklich dabei zu.

Kapitel 2
Wasserplätschern, Hufetrommeln

Platsch! Kühles Seewasser schlug über Fiona zusammen. Prustend tauchte sie wieder auf. Auch Lenis und Janas nasse Köpfe erschienen an der Wasseroberfläche.

„Kalt!", japste Leni. „Eiskalt! Hilfe!"

Fiona lachte. „Nicht eisig, höchstens ein bisschen kühl", sagte sie. „Und das ist doch herrlich bei der Hitze."

„Wie Leos Zitronenlimo, nur von außen", sagte Jana.

Die Freundinnen kletterten rasch auf den Steg zurück und sprangen erneut ins Wasser, wieder und immer wieder. Nach einer Weile hatte Leni genug und ging auf die Liegewiese zu Aurelia, die im Schatten eines Baumes lag und in einem Sachbuch über Pferde las. Jana schwamm ein paar Runden. Fiona kraulte ein Stück auf den See hinaus. Dort legte sie sich auf den Rücken und ließ sich treiben. Über ihr wölbte sich der strahlend blaue Himmel. Die Sonne blendete. Sie schloss die Augen. Das

Plätschern des Wassers und das Juchzen der anderen Schwimmer glitt über sie hinweg. Ihre Gedanken wanderten zu Sunny und sie träumte vor sich hin …

„Wihieee!“

Fiona schreckte auf. Auch wenn es fern und leise klang, sie hätte dieses Geräusch unter Tausenden anderen erkannt: Das war Sunny! Fiona spähte zur Koppel am anderen Ufer hinüber. Ihr Lieblingspony galoppierte über die Weide und warf den Kopf hin und her. Stella trabte in die entgegengesetzte Richtung davon. Tiger, Opal und Luna standen etwas abseits.

Fiona kniff die Augen zusammen. Dass Sunny über die Weide jagte, war nichts Ungewöhnliches. Sie galoppierte, sprang, tänzelte und stieg hoch, wann immer sie dazu Lust hatte. Aber irgendetwas kam Fiona an ihrem Lieblingspony trotzdem komisch vor.

Näher heranschwimmen konnte Fiona nicht. Sie war schon fast an der Absperrung, die den Schwimmerbereich vom Rest des Sees trennte. Es war streng verboten, dahinter zu baden.

Die goldfarbene Stute stand jetzt nah am Seeufer und blickte zum Naturschwimmbad hinüber. Ob sie Fiona im Wasser sehen konnte? Fiona hob den Arm und winkte. Sunny hob auffordernd den Kopf und trabte dann zum Gatter.

Fiona wusste, was das heißen sollte: Sunny wartete auf ihren Besuch! Sie wollte sie so schnell wie möglich am Zaungatter treffen.

Fiona schwamm zum Ufer. Ihre Freundinnen lagen inzwischen alle wieder auf der Decke. Aurelia las in ihrem Pferdesachbuch, Leni tippte auf ihrem Handy lange Nachrichten und Jana träumte mit offenen Augen. Fiona musste grinsen. Die drei Mädchen konnten kaum unterschiedlicher sein. Sie waren auch ganz anders als sie selbst. Fiona würde zum Beispiel niemals wie Aurelia Geld für den Schwimmbad-Eintritt ausgeben und dann nicht ins Wasser gehen. Dennoch fühlte sie beim Anblick der Mädchen einen kleinen roten Luftballon in ihrem Herzen anschwellen. Es war so wunderbar, nach dem Umzug endlich wieder Freundinnen zu haben! Die drei verdienten unbedingt eine süße Überraschung. Sunny musste dann nur ein kleines bisschen länger warten. Sie wusste ja auch, dass ihre Freundin den Nachmittag im Lichterseebad verbringen wollte.

Fiona lief zum Kiosk. Die Schlange war endlos und als Fiona schließlich an der Reihe war, schüttelte Fabio bedauernd den Kopf. „Das Eis ist aus, ma bella. Finito!“, sagte der Verkäufer mit seinem falschen italienischen Akzent. Der junge Mann kam eigentlich aus dem Dorf, aber die Schwimmbadgäste liebten seine Sprüche, weil sie an Urlaub im Süden erinnerten. „Deine Mama ist gerade in die Stadt gefahren, um Nachschub zu besorgen. Kann ich dir solange ein paar Gummischlangen schenken?“

Fiona winkte ab. „Nein, wir brauchen Eis. Ist denn auch nichts mehr von Mamas und Papas Spezialmischung da?“

„Schon, aber …“, begann Fabio. „… das Gelato gehört doch deinen Eltern.“

„Eben“, meinte Fiona. *„Meinen* Eltern. Sie werden schon nichts dagegen haben. Machst du uns vier Waffeln mit je einer Riesenkugel? Bitte, Fabio!“

Fabio grinste. „Na gut, bella Fiona. Aber wenn deine Eltern mich schimpfen, verpetze ich dich.“

„Bist du gemein …“ Fiona zog gespielt die Mundwinkel nach unten und Fabio grinste noch breiter. Dann machte er sich an die Arbeit.

Mit vier großen Eistüten voller Karamell-Schoko-Salz-Eis stand Fiona kurz darauf vor ihren Freundinnen. „Noch eine Abkühlung gefällig?“, fragte sie.

Drei Paar Augen blinzelten sie an.

„Au ja, danke“, sagte Jana und nahm eine Tüte entgegen.

„Lecker!“, rief Leni und ließ sofort ihr Handy in die Badetasche fallen. „Das ist jetzt genau die richtige Abkühlung: nämlich von innen, nachdem wir uns eben von außen erfrischt haben. Lia, leg doch mal dein Buch weg, es gibt Eis!“

Aurelia setzte sich hin, klappte sorgfältig das Buch zu und strich sich die Haare glatt. Erst dann nahm sie die Eiswaffel. „Danke, nett von dir“, sagte sie. „Was schulde ich dir?“

„Nichts, ist von meinen Eltern“, erwiderte Fiona und lächelte Aurelia an. Die war immer so korrekt! Jetzt warf sie einen Blick auf ihre Armbanduhr.

„Es wird Zeit, dass wir aufbrechen“, sagte Aurelia. „Oder habt ihr vergessen, dass später noch Reitstunde ist? Die Ponys brauchen regelmäßig Bewegung.“

„Jetzt essen wir erst mal unser Eis“, widersprach Leni. „Wir beeilen uns einfach mit dem Anziehen und düsen mit Lichtgeschwindigkeit nach Lichtenberg hinüber. Dann bleibt immer noch genug Zeit für die Reitstunde. Gegen Abend ist es sowieso besser, weil es dann weniger heiß ist.“

Eine halbe Stunde später verließen die vier Freundinnen das Naturschwimmbad, radelten durch das Dorf, auf die Landstraße und zur anderen Seite des Lichtersees. Ein Stück hinter dem Dorf bog links ein Feldweg ab, der sie zwischen hohen Maisstängeln hindurch direkt zur Koppel ihrer Ponylieblinge führte.

Sunny hob den Kopf, als sie die Mädchen bemerkte. Sie tänzelte aufgeregt auf der Stelle, stupste Tiger an und galoppierte dann mit donnernden Hufen zum Gatter. Die anderen Ponys folgten ihr etwas langsamer, nur Stella blieb zurück.

„Hallo, Goldpony!" Fiona schlüpfte durch den Zaun, umarmte die Stute und schmiegte ihr Gesicht in die seidenweiche Mähne. Automatisch fuhr ihre Hand über den Nasenrücken, die Stirn und zwischen die Ponyfransen. Sie ertastete Sunnys Funkelstein und warf einen Blick darauf. Der Stein glänzte im Licht der heißen Nachmittagssonne, aber von einem magischen Funkeln war nichts zu sehen. Dann warf sie einen Blick auf ihren eigenen Funkelstein. Zum Schwimmen hatte sie ihn abgenommen, aber nun hing er wieder versteckt unter ihrem T-Shirt. Er funkelte zwar nie, aber dennoch sah Fiona ihn gern an. Das zarte goldene Schimmern erinnerte sie immer an Sunnys Fell und die Tatsache, dass sie zusammengehörten.

„Gibt es bei euch etwas?“, fragte sie ihre Freundinnen, die sich ebenfalls sofort ihren Funkelponys zugewandt und die geheimnisvollen Steine kontrolliert hatten.

„Nichts“, erwiderte Leni. „Die Funkelponys werden momentan nicht gebraucht. Das ist auch besser so! Bei der Hitze möchte ich lieber keine kniffligen Probleme lösen.“

„Lieber nur reiten und kuscheln“, meinte Jana.

Sunny fand die Unterhaltung offenbar langweilig. Plötzlich prustete sie Fiona gegen den Bauch, sodass die bebenden Lippen sie kitzelten. Fiona brach in Lachen aus.

„Du willst mehr erleben, als nur zu reiten und zu kuscheln, oder, meine Süße?“, fragte sie. „Du willst auch deinen Spaß haben!“ Doch dieses Mal hatte sie das Pony falsch eingeschätzt. Es schüttelte den Kopf und trat ein Stück von den anderen weg. Auffordernd sah es Fiona an und sie folgte ihm.

Sunny führte Fiona ein ganzes Stück über die Koppel, fast bis an den Rand der Funkelwiese. Dann sagte sie: „Ich muss mit dir reden, Fiona.“

Fiona strahlte. Als Sunny zum ersten Mal mit ihr gesprochen hatte, war sie aus allen Wolken gefallen. Auch jetzt fand sie es einfach wunderbar. Sunnys Stimme klang so weich und warm! Allerdings sprachen sie nur dann miteinander, wenn keine Gefahr bestand, belauscht zu werden, also zum Beispiel auf der Weide oder der Funkelwiese.

„Okay, mein Goldpony“, sagte Fiona. „Dann erzähl mal.“

Sunny warf einen Blick über die Koppel und scharrte unruhig mit einem Vorderhuf im Gras. „Es ist wegen Stella“, schnaubte sie.

„Ja? Was ist mit ihr? Hat sie sich gut eingelebt? Oder hat sie Heimweh?“

Sunny wiegte nachdenklich den Kopf hin und her. Einen Moment lang konnte Fiona ihren Funkelstein sehen. „Ich weiß nicht, was sie hat“, erwiderte Sunny. „Sie hält Abstand zu mir und den anderen. Aber eins spüre ich genau: Irgendetwas stimmt nicht mit ihr.“

Fiona blickte zu Stella hinüber. Die graue Ponystute

graste in der Nähe des Seeufers und schritt dabei langsam von einem saftigen Grasbüschel zum nächsten. Sie sah aus wie ein ganz normales Pony!

„Sie ist ja noch neu hier", meinte Fiona. „Bestimmt muss sie sich erst an euch alle, die neue Koppel und die fremde Box gewöhnen. Na, komm mit, wir gehen zum Hof, putzen und satteln, gleich ist Reitstunde."

Sie ging mit Sunny zu den anderen zurück. „Seid ihr bereit?", rief sie ihren Freundinnen zu.

Die drei nickten. Aurelia öffnete das Gatter und führte Luna hinaus. Jana und Leni folgten ihr mit Opal und Tiger. Zuletzt kamen Fiona und Sunny. Fiona wollte gerade das Gatter hinter sich schließen, da hörte sie trommelnde Hufschläge. Stella kam angaloppiert. Das graue Pony hatte in einiger Entfernung gegrast, aber nun wollte es offenbar nicht ausgeschlossen werden. Mit wehender Mähne raste Stella auf Fiona zu. Ihre Nüstern waren geweitet und sie schnaufte schwer bei jedem Schritt.

Fiona bekam einen Schreck. Sie rannte durch das Tor und warf das Gatter hinter sich zu. Die graue Stute bremste kurz vor dem Zaun ab. Mit angelegten Ohren trat sie gegen die unterste Latte.

„Meine Güte, Stella, bist du wild!", rief Fiona. Ihr

Herz klopfte wie verrückt. Sunny, die ihre Aufregung spürte, trat dicht neben sie und legte ihr den Kopf auf die Schulter.

Aurelia ging mit Luna auf das graue Pony zu. „Hoooh“, machte sie. „Ganz ruuuhig, Stella, ruhig.“

Durch die gemurmelten Worte beruhigte sich das Pony langsam. Aurelia hob die Hand und streichelte Stella über den Hals. Die Stute ließ den Kopf hängen.

„Ich verstehe dich“, flüsterte Aurelia. „Du willst nicht alleine sein, oder? Wo du die Koppel doch noch gar nicht so gut kennst. Aber wir kommen später wieder, einverstanden?“

Stella ließ einen brummelnden Laut hören. Dann, ganz plötzlich, schnappte sie nach Aurelia, die immer noch ihren Hals streichelte. Erschrocken zog das Mädchen seine Hand zurück. Stella sprang rückwärts, wendete und galoppierte davon, Richtung Seeufer.

Verdutzt blickten sich Fiona, Leni, Jana und Aurelia an.

Fiona sprach aus, was alle dachten: „Steht Stellas Sternsaphir nicht für Ruhe und Frieden? Sie verhält sich aber alles andere als friedlich!“

Kapitel 3
Der Funkelstein

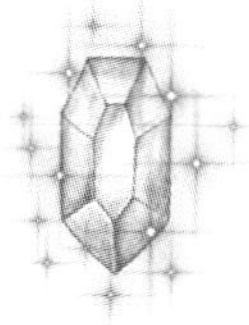

Auf dem Feldweg zwischen der Koppel und dem Hof schwiegen die Mädchen. Jedes führte sein Pony und war in Gedanken versunken. Fiona war daher ganz erstaunt, als sie plötzlich Aurelia sprechen hörte.

„Guten Tag, Hans-Heinrich. Hallo, Stöpsel!", sagte sie.

Fiona sah auf. Vor ihnen stand Hans-Heinrich Landmann. Er und seine Frau Elfriede wohnten mit Stöpsel, dem lustigen Dackel, im einzigen Nachbarhaus der Lichtenbergs. Die beiden waren sehr nett und luden die Mädchen oft zu sich ein.

„Guten Tag, Mädchen", sagte Hans-Heinrich. Er schob seine Mütze in den Nacken und wischte sich mit einem weißen Taschentuch den Schweiß von der Stirn. „Diese Hitze, diese Hitze … Der Mais ist schon ganz trocken … Und meine alten Knochen auch … Aber Stöpsel braucht seine Gassirunde. Nicht wahr, Stöpsel?" Der kleine Hund machte beim Klang seines Namens

Sitz und sah sein Herrchen mit großen Augen an. Fiona musste grinsen.

„Sollen wir euch nach Hause begleiten?", fragte Aurelia ernst.

Fiona wunderte sich über dieses Angebot. Hans-Heinrich kannte die Wege rund um Hof Lichtenberg doch nun wirklich gut genug, immerhin wohnte er seit mehr als fünfzig Jahren hier! Das hatte er Fiona und den anderen kürzlich bei Kakao und Kuchen erzählt.

„Nein danke, es geht schon ... Wir kehren jetzt einfach um ... Bis bald, Mädchen. Kommt mal wieder bei uns vorbei, Elfriede freut sich!" Der alte Mann tippte an seine Mütze und bog in einen anderen Weg ab. Er ging so langsam, dass Stöpsel bei jedem Schritt mehrfach um sein Herrchen herumrennen konnte.

Aurelia seufzte. „Hans-Heinrich hat das Tempo einer Schnecke. Und habt ihr gehört, wie er beim Sprechen gekeucht hat?", fragte sie.

„Glaubst du, er ist krank?", fragte Fiona zurück. „Wolltest du ihn deshalb nach Hause begleiten?"

Aurelia nickte. Sie wandte sich Luna zu, löste ihre langen Schopfhaare auseinander und warf einen Blick auf den weißen Mondstein. „Nichts", sagte sie. „Trotzdem werde ich ihn und Elfriede später besuchen. Sicher ist sicher!" Aurelia lief wieder los und Luna folgte ihr brav.

Fiona sah Leni und Jana besorgt an. „Mach dir keine Gedanken um Hans-Heinrich", meinte Leni. „Wenn es ihm wirklich schlecht ginge, würde sicher einer der Funkelsteine leuchten, damit wir uns um ihn kümmern."

Fiona war beruhigt. Sunny stupste sie an und sie musste lächeln. „Richtig, wir wollen endlich zur Reitstunde", sagte sie und wuschelte der Stute ausgelassen durch die Mähne. „Ich freu mich auch schon darauf!" Sie fing an zu laufen und Sunny fiel in den Trab. Bald darauf hatten sie Aurelia und Luna eingeholt und betraten den Hof Lichtenberg.

Die Mädchen banden ihre Ponylieblinge im Stall an. Fiona holte den Putzkasten aus der Sattel-und-Futter-Kammer am Ende des Ganges. Sie nahm den Gummistriegel und begann, Sunnys goldfarbenes Fell damit zu massieren. Das Pony schnaufte lang aus, ließ den Kopf entspannt hängen und schloss die Augen. Das Putzen war einer der wenigen Momente, in denen Wirbelwind Sunny ganz ruhig wurde.

Ruhig … Bei diesem Gedanken fiel Fiona wieder Stella ein. Was war das vorhin am Koppelzaun nur gewesen? Hatte Stella sie angreifen wollen? Oder hatte sie einfach versucht, mit den anderen mitzukommen? Fiona dachte an Stellas wilden Blick und ihr wütendes Treten und Schnappen. Und dann Sunnys Worte: *Irgendetwas stimmt nicht mit ihr.*

Nachdenklich klopfte Fiona den Striegel aus und legte ihn zurück in den Putzkasten. Dann nahm sie die weiche Schmusebürste zur Hand und strich damit über Sunnys Stirn, Nase und Wangen. Ihre Finger suchten ganz automatisch den goldenen Funkelstein in Sunnys Schopf. Sie hatte das sichere Gefühl, dass er bald auffunkeln würde. Stella brauchte ganz offensichtlich Sunnys besondere Fähigkeiten, ihre Lebensfreude und Heiterkeit! Aber noch schimmerte der Goldstein nur sanft.

Draußen vor dem Stall grunzten die Hängebauchschweine und Leos Stimme war zu hören. „Na, Liselotte? Hunger? Oder ist euch einfach nur zu heiß?" Im nächsten Augenblick betrat sie den Stall.

„Hallo, Mädchen!", grüßte sie fröhlich. „Wollt ihr trotz der Hitze in die Bahn? Das finde ich klasse. Die Ponys freuen sich sicher über etwas Bewegung. Aber lasst die Sättel weg, dann schwitzt ihr alle weniger. Einverstanden?“

„Reitstunde ohne Sattel?“, fragte Leni. „Wie cool! Das wollte ich schon lange mal ausprobieren.“

„Ich auch“, sagte Jana leise. Sie strich Opal über sein tiefschwarzes Fell.

Nur Aurelia sah nicht ganz glücklich aus. Leni sagte mit einem verschmitzten Grinsen genau das, was Fiona dachte: „Ohne Sattel ist es für dich einfach kein richtiges Reiten, oder, Lia?“

Das Mädchen wurde ein wenig rot und schmiss seine langen dunklen Haare zurück. „Keine Sorge“, sagte sie. „Luna und ich schaffen das schon.“

Leni, Jana und Fiona sahen sich kurz an und versuchten, nicht zu lachen.

Fiona wandte sich Sunny zu und sah sie glücklich an. „Wir dürfen ohne Sattel“, sagte sie. „Das ist immer so schön! Du magst das doch auch, oder? Du musst mir unbedingt zeigen, wenn ich zu stark auf dir herumhoppele! Ich hol nur schnell die Trense, dann geht es los.“

Wenig später half Leo Fiona auf Sunnys Rücken. Fiona spürte das warme, weiche Ponyfell an den Beinen. Reiten ohne Sattel fühlte sich einfach himmlisch an!

Fiona hatte es zwar schon öfter ausprobiert, aber nur auf der Funkelwiese und einmal, als sie Mila geholfen hatten. Heute gab es zum ersten Mal eine richtige Reitstunde ohne Sattel. Fiona setzte sich gerade hin und nahm die Zügel auf. Sie war bereit!

Das Reiten machte an diesem Tag wirklich viel Spaß. Doch auf dem sonnigen Reitplatz war es für Ponys und Reiterinnen auch ziemlich anstrengend. Nach nur einer halben Stunde ließ Leo die Mädchen wieder absitzen.

„Ich glaube, das reicht für heute", sagte sie. „Mir ist irgendwie auch nicht ganz wohl. Ich glaube, ich muss mich kurz hinlegen. Versorgt ihr die Ponys?" Mit blassem Gesicht nickte sie den Mädchen zu und eilte Richtung Haus.

Fiona, Leni, Jana und Aurelia führten die Ponys zum Stall und banden sie draußen an. Sie steckten die Köpfe zusammen und unterhielten sich über die Reitstunde. Irgendwann kam Till aus dem Haus.

„Hallo, Mädels!", rief er. „Leo verträgt die Hitze nicht. Ihr ist übel und schwindelig. Ich habe ihr Bettruhe verordnet. Äh, soll ich euch jetzt beim Absatteln und Füttern helfen oder was?" Till Lichtenberg klatschte unter-

nehmungslustig in die Hände, blickte sich jedoch etwas unsicher um. Er war Arzt und kein Pferdefan.

Die Mädchen grinsten. „Wir haben doch gar keine Sättel benutzt", meinte Leni. „Und gefüttert wurden die Ponys heute Morgen."

„Danke, Till, aber wir schaffen das schon", sagte Aurelia. „Richte bitte Leonore aus, dass sie sich voll auf uns verlassen kann."

Till lächelte. „Na gut, dann bringe ich euch aber wenigstens etwas zu trinken. Bis gleich!"

„Wir sollten jetzt weiter die Ponys versorgen", erinnerte Aurelia die anderen. Sie füllte am Wasserhahn vor dem Stall mehrere Trinkeimer. Als Sunny, Luna, Opal und Tiger getrunken hatten, wuschen die Mädchen ihren Lieblingen mit kühlem Wasser die Beine. Irgendwie wurden dabei alle nass, es war ein einziges Spritzen, Juchzen und Schnauben. Leni zückte ihr Handy und filmte das ganze Durcheinander.

Schließlich stellte Aurelia entschlossen den Wasserhahn ab. „Das reicht", sagte sie. „Trocken reiben und dann ab auf die Koppel mit den vieren."

Fiona bemerkte plötzlich, dass Leni ganz rot im Gesicht war und Tiger etwas ins Ohr flüsterte.

„Leute“, sagte das Mädchen eindringlich. „Wir treffen uns gleich am Holzstoß. Ihr habt es eben in dem ganzen Trubel nicht gemerkt, aber Tigers Stein … Oh, da kommt Till. Super, endlich etwas zu trinken. Ich bin schon halb verdurstet!“ Dankbar nahm sie ein Glas Wasser entgegen und leerte es in einem Zug. Dabei zwinkerte sie Fiona zu. Es gab etwas zu tun für die Funkelponys!

Hinter dem Stallgebäude, unter dem weit vorspringenden Dach, lagerte Brennholz. Auf den duftenden Scheiten konnte man hervorragend sitzen und über die Wiesen bis zum Lichtersee gucken. Man hatte von hier aus auch die Koppel mit den fünf Ponys im Blick, die weiter hinten in die verborgene Funkelwiese überging. Deshalb hatten Leni, Jana und Aurelia den Platz schon lange vor Fionas erster Reitstunde auf Hof Lichtenberg zu ihrem geheimen Treffpunkt erkoren.

„Tigers Stein hat gefunkelt!“, berichtete Leni sofort, als endlich alle saßen. „Es war eben, als wir die Ponys gewaschen haben. Ich sah plötzlich Else auf dem Stalldach herumhüpfen. Sie flatterte mit den Flügeln und sah mich so komisch an. Da habe ich Tigers Stirnlocke zur

Seite geschoben, und – *ta-da!* Das Tigerauge hat braungolden gefunkelt. Ganz hell!“

„Bist du dir sicher, Leni?“, fragte Fiona. Als Sunny und sie zum ersten Mal jemanden aufmuntern sollten, war alles schiefgegangen. Daher hatte sie das Funkeln lange für eine Lichtspiegelung gehalten.

Aurelia gab ein ungeduldiges Brummen von sich. „Vertrau uns, Fiona, wir Funkelmädchen kennen uns bestens damit aus“, sagte sie.

„Natürlich bin ich mir sicher!“, rief Leni. „Ich habe das schließlich schon öfter erlebt. Irgendjemand braucht uns!“

„Sorry, so meinte ich das nicht“, sagte Fiona. „Ich glaube, ich weiß schon, wer es ist, nämlich …“

Aber Aurelia achtete gar nicht auf sie. „Was hat Else denn gesagt?“, fragte sie. „Wie lautet euer Auftrag?“

Else, die Elster, gab den Mädchen oft Hinweise, wer ihre Hilfe benötigte. Sie konnte nicht richtig sprechen, aber ihre krächzenden Schreie klangen doch immer wieder erstaunlich wie echte Wörter. Sie hatte ihnen schon viele wertvolle Hinweise gegeben.

„Tja, das ist das Problem“, sagte Leni und guckte geknickt zu Boden. „Ich habe Else nicht verstanden.“

Aurelia stöhnte.

„Denk mal an den Trubel auf dem Hof, Lia!“, verteidigte sich Leni. „Ihr wart gerade mitten in der Wasserschlacht! Da hättest du auch nichts mitbekommen.“

„Versuch mal, dich zu erinnern“, sagte Jana. „Weißt du noch, wie Elses Worte klangen? So ungefähr?“

Leni verzog den Mund und kniff die Augen zusammen. „Zuerst klang es wie heff-heff-heff. Na ja, *heff* heißt *helft,* das wissen wir ja schon. Aber dann …“ Sie zögerte. „Ich weiß nur noch, dass es am Anfang wie *Tscho* klang. Aber ich habe keine Ahnung, was das heißen soll!“

„Tscho?“, wiederholte Aurelia. „Das kann nicht sein. Else sagt uns doch immer einen Namen. Und niemand hier in der Gegend heißt Tscho-irgendwas, darauf wette ich. Du musst dich verhört haben.“

Alle schwiegen verwirrt. Endlich gelang es Fiona, auch mal etwas zu sagen. „Ich glaube, es muss Stella heißen! Leni hat sich bestimmt verhört. Ich meine, Else kiekst und keckert ja auch etwas komisch und auf dem Hof war es total laut, das hat Leni ja selbst gesagt. Dann wird aus *Ste* von Stella leicht so was wie *Tscho.* Außerdem war Stella vorhin auf der Koppel so merkwürdig … Ich glaube, dass sie uns braucht!“

Aurelia stöhnte wieder. „Das kann gar nicht sein, Fiona. Du musst wirklich noch viel über die Funkelmagie lernen“, sagte sie und wandte sich an die anderen beiden. „Wir müssen herausfinden, was Else gesagt hat. Sollen wir sie auf der Funkelwiese besuchen?“

Fiona stand auf. Ja, sie mochte Aurelia, aber von ihrer besserwisserischen Art hatte sie jetzt wirklich die Nase voll! „Okay, schon klar, ich kenne mich noch nicht so gut aus wie ihr“, sagte sie. „Ich glaube, ich gehe dann mal. Ich muss sowieso nach Hause.“

„Fiona, warte!“, rief Jana, aber sie stiefelte trotzdem davon. Sie wollte keinen Streit mit ihren Freundinnen! Aber sie mochte auch nicht immer die Neue sein, die keine Ahnung hatte.

Mit dem Fahrrad fuhr Fiona den Feldweg zur Koppel hinunter. Es wurde langsam Abend und ihre Eltern erwarteten sie zum Essen – ausnahmsweise nicht im Lichterseebad, sondern zu Hause. Doch vorher wollte sie noch einen kleinen Abstecher zu Sunny machen.

„Ach, Sunny“, flüsterte sie dem Pony kurz darauf in die weiche Mähne. „Ich freue mich so sehr, dass ich ein

Funkelmädchen bin! Aber verglichen mit Leni, Jana und Aurelia bin ich einfach Anfängerin."

„Und Aurelia sagt dir das auch andauernd, wetten?", fragte Sunny nach.

Fiona grinste schwach. Sie löste sich von Sunnys Hals und blickte dem Pony in die großen dunklen Augen.

„Woher weißt du das nur?", fragte sie.

Sunny stupste Fiona an und tänzelte um sie herum. „Nimm es nicht zu ernst", schnaubte sie. „Ich glaube doch auch, dass mit Stella irgendwas nicht stimmt. Sie ist immer so ernst, wild und verschlossen! Zum Spielen hat sie gar keine Lust."

„Eben", sagte Fiona. „Ich bin mir ganz sicher, dass wir recht haben, du und ich. Wir müssen unbedingt etwas für Stella tun!"

Kapitel 4
Arme, wilde Stella

Am nächsten Morgen steckte Fiona immer noch genauso voller Tatendrang wie am Abend, als sie ins Bett gegangen war. Leider war heute ein Schultag und so mussten alle Hilfsversuche für Stella bis zum Nachmittag warten.

Fionas Eltern saßen auf der Terrasse beim Frühstück, als Fiona nach unten kam.

„Guten Morgen, Schatz", sagte Fionas Mutter, stand auf und gab ihrer Tochter einen Kuss. „Hast du gut geschlafen? Oder hat dich das Gewitter wach gehalten?"

„Gewitter?", fragte Fiona. „Nein, ich habe nichts gehört. Also deswegen ist es heute so kühl und nass." Im winzigen Garten der Feldbaums tropfte es von den Büschen und dem jungen Apfelbaum. Wo die Morgensonne auf den Rasen schien, stieg Dampf auf. Der Anblick erinnerte Fiona ein wenig an die Funkelwiese. Wie es Sunny und den anderen Ponys wohl bei dem Gewitter ergangen war? Hoffentlich hatte Leonore sie am

Abend noch in den Stall geholt! Fiona tastete unauffällig nach dem goldenen Funkelstein unter ihrem T-Shirt. Wenn dem Pony beim Gewitter etwas passiert wäre, würde Fiona das sicher merken.

Fionas Vater schob seiner Tochter Toast und Butter zu und goss ihr kalte Milch ein. Dann lehnte er sich mit seiner Kaffeetasse zurück und streckte die Beine aus. „Ich liebe Montage", sagte er. „Endlich mal in Ruhe frühstücken." Montags öffnete das Lichterseebad nämlich erst am Mittag.

Fiona mampfte bereits ihren zweiten Toast. „In Ruhe ist gut", sagte sie. „Wenn ich mich jetzt nicht beeile, verpasse ich den Bus!"

Ihre Mutter sprang auf und lief in die Küche. „Vergiss dein Schulbrot nicht und die Wasserflasche! Hast du auch deine Sportsachen dabei? Zum Mittagessen kommst du bitte ins Schwimmbad, ja?"

„Ja, Mama", meinte Fiona. „Alles so wie immer."

An der Bushaltestelle traf Fiona Leni und Jana. Aurelia stieg erst später zu. Die vier setzten sich zusammen auf die Rückbank und redeten von ihren Ponylieblingen. Der kleine Streit von gestern war längst vergessen.

„Ich fand es so cool, ohne Sattel zu reiten", sagte Leni.

„Wunderschön", meinte Jana. „Und ihr?"

Aurelia antwortete ausführlich und erklärte ihren Freundinnen genau, was am Sattel für Ponys gut und was weniger gut war. Fiona wartete ungeduldig, bis sie endlich eine Pause machte, dann sagte sie: „Aber wegen Tigers Stein …"

Jana riss entsetzt die Augen auf. Aurelia verdrehte die Augen.

„Stein im Huf", sagte Leni schnell. Sie griff automatisch nach dem Funkelstein unter ihrem T-Shirt, wie auch Fiona es oft tat. Sie riss die Augen auf und schwieg einen Augenblick. Fiona schluckte. Hatte sie etwas sehr Schlimmes gesagt?

Schließlich räusperte sich Leni und wiederholte laut: „Richtig, Tiger hatte ja einen Stein im Huf. Der Arme!" Sie sah sich nach allen Seiten um. Die Sitze direkt vor ihnen waren leer, aber zwei Reihen weiter vorne lehnte ein Junge mit geschlossenen Augen am Fenster. „Kein Wort von du-weißt-schon-was im Bus oder in der Schule", raunte sie Fiona zu. „Ich bin echt froh, dass ich den Stein rechtzeitig entfernt habe, bevor Tiger sich verletzen konnte", meinte sie dann in normaler Lautstärke.

Als Fiona mit ihren Eltern im Lichterseebad zu Mittag aß, war es schon wieder ziemlich warm geworden. Fiona schwitzte, als sie wenig später mit dem Rad den See umrundete und zum Hof fuhr.

Hans-Heinrich und Elfriede saßen vor ihrem Haus auf einer Bank im Schatten. Stöpsel peste zum Zaun und bellte Fiona an, aber die beiden alten Leute winkten nur. Fiona winkte zurück.

Sie parkte ihr Rad vor dem Wohnhaus der Lichtenbergs und streichelte Herrn Elch, der faul in der Sonne lag. Der Stall war wie ausgestorben. Fiona hatte beim Mittagessen gesehen, dass die Ponys auf der Koppel am See standen. Aber sie war ja heute auch nicht zum Reiten hier. Ihre Eltern bezahlten zwei Reitstunden die Woche: Einmal unterrichtete Leonore die Mädchen in der Reitbahn und einmal gingen sie ins Gelände. An den anderen Tagen halfen sie bei der Stallarbeit. Und manchmal durften sie dann auch noch einmal gratis reiten.

Für heute stand nur Ausmisten auf dem Programm. Leni, Jana und Aurelia kamen bald darauf ebenfalls auf den Hof. Zu viert schaufelten die Mädchen Stroh und fuhren volle Schubkarren zum Misthaufen. Danach waren sie derartig verschwitzt, dass sie den Wasserschlauch, mit dem sie gestern die Ponys geduscht hatten, für eine kleine Abkühlung nutzten. Von Leonore bekamen sie danach Obstsalat und etwas zu trinken.

„Geht es dir besser als gestern, Leo?“, fragte Aurelia.

„Ich bin wieder topfit“, sagte die Hofbesitzerin.

„Prima!“, meinte Leni erfreut. „Können wir dann vielleicht einen Extra-Ausritt machen? Ausnahmsweise? Bitte, Leo!“

Leonore schüttelte bedauernd den Kopf. „Ich fahre gleich in die Stadt, hole Till im Krankenhaus ab und dann gehen wir Eis essen. Ich möchte nicht, dass ihr alleine mit den Ponys unterwegs seid, wenn ich nicht da bin."

Leni machte ein trauriges Gesicht. „Aber auf die Koppel dürfen wir doch, oder?", fragte sie.

Leonore lächelte. „Natürlich, das dürft ihr doch immer. Besucht die Ponys. Aber seid vorsichtig!"

„Ich passe schon auf", sagte Aurelia, warf die Haare zurück und marschierte Richtung Koppel.

Sunny, Luna, Opal und Tiger warteten schon am Zaun. Jedes der vier Mädchen trat sofort zu seinem Lieblingspony.

„Na, meine Süße?", sagte Fiona und wuschelte ihrem Goldpony durch die Mähne. „Wie geht es dir? Hast du das Gewitter heute Nacht miterlebt?"

Fiona ging ein Stück von den anderen weg und das Pony tänzelte neben ihr her. Mit einem Funkelpony zu sprechen, war etwas sehr Persönliches. Daher achteten die Funkelmädchen normalerweise darauf, dass bei den Gesprächen mit ihren Lieblingen niemand zuhören konnte.

„Hey, Fiona", antwortete Sunny, als sie endlich den Schatten einer Birke erreicht hatten. Sie stupste ihrer Freundin die weiche Nase in den Bauch. „Mir geht es gut, ist doch klar! Heute Nacht waren wir im Stall. Und hier auf der Koppel ist es schattig und ein kühler Wind weht auch. Aber da ist noch Stella …“ Sie brach ab. Ein sorgenvoller Ausdruck trat in ihre dunklen Augen.

Fiona ließ den Blick über die Koppel schweifen. Das graue Pony stand allein am Seeufer. Der Wind wirbelte seine Mähne durcheinander, doch es hielt ganz still. Es sah richtig wild aus!

„Was ist mit ihr?“, fragte sie.

„Stella bleibt immer abseits“, erzählte Sunny. „Sie will nicht mit uns spielen und nicht mit einem von uns grasen. Wenn wir ihr zu nahe kommen, legt sie die Ohren an oder schnappt nach uns.“

„Sie hat dir aber nicht wehgetan, oder?“, fragte Fiona besorgt. Nachdenklich sah sie ihr Funkelpony an. Sunny, Luna, Opal und Tiger hatten ihre Funkelfreundinnen, aber Stella war allein. Kein Wunder, dass sie unglücklich war. Sie mussten etwas unternehmen!

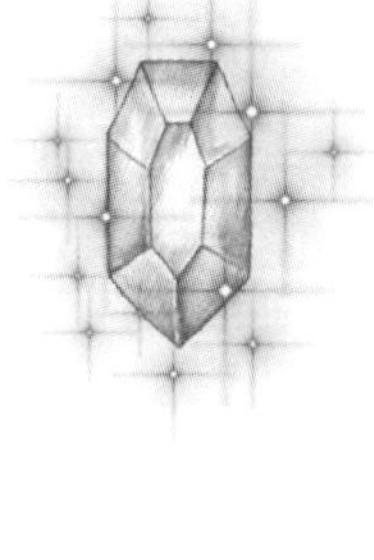

Fiona strich sanft über Sunnys Stirn und teilte ihren Schopf. Der Funkelstein lag schwach glänzend auf dem goldenen Fell. Von einem magischen Funkeln war nichts zu sehen.

„Komisch“, sagte Fiona. „Ich bin mir so sicher, dass Stella uns braucht. Aber wenn wir zwei nichts für sie tun sollen, dann ganz sicher Leni und Tiger. Sein Stein hat nämlich gestern gefunkelt.“ Sie warf einen Blick zu ihrer Freundin und dem Fuchswallach hinüber. Die beiden standen dicht nebeneinander und unterhielten sich leise. Ob sie versuchten, die Botschaft der Elster zu enträtseln? Sie machten allerdings keine Anstalten, sich um Stella zu kümmern.

Jetzt kam Leni über die Wiese zu Fiona herüber. „Fiona, wir müssen los“, rief sie. „Aurelia hat noch Klavierunterricht, Jana soll zu Hause bei irgendetwas helfen und ich muss dringend etwas erledigen. Kommst du mit?“

„Nein, ich bleibe noch ein bisschen. Aber sag mal, Leni, was ist mit Tigers Funkelstein? Kennt ihr eure neue Aufgabe schon?“

Leni schüttelte den Kopf. „Tiger und ich haben lange darüber gegrübelt. Aber wir haben Elses Botschaft beide nicht richtig gehört! Das macht mir alles echt Sorgen, aber heute kann ich wirklich nichts mehr tun. Wir werden das Rätsel morgen lösen.“

„Wir helfen euch, wenn ihr wollt“, sagte Fiona. „Auch wegen Stella.“

„Stella?“, fragte Leni und sah zu dem grauen Pony hinüber. „Stimmt, die wirkt noch etwas scheu. Aber das kann warten, die Funkelbotschaft ist wichtiger. Ich muss los. Bis morgen, Fiona!“

„Bis morgen!“ Fiona winkte Leni und sah zu, wie die drei Mädchen die Weide verließen. „Das passt ja super“, meinte sie dann zu Sunny. „Jetzt können wir uns in Ruhe um Stella kümmern.“

„Prima Idee!“ Sunny machte einen kleinen fröhlichen Hüpfer. „Ich habe ja schon versucht, mit ihr zu spielen, aber sie hatte keine Lust dazu. Bestimmt klappt es besser, wenn du dabei bist.“

Fiona nickte. „Nur gemeinsam können wir Freude verbreiten, das sagt Leo doch immer. Vielleicht können wir Stella ja hiermit locken.“ Lächelnd zog sie eine große Möhre aus der Tasche ihrer Shorts.

„Mhmm, das riecht köstlich!“, schnaubte Sunny und angelte mit ihrer Oberlippe nach dem Snack.

„Na gut, du Schleckermaul! Du kannst mit Stella teilen.“ Fiona brach die Möhre entzwei und gab eine Hälfte Sunny zu fressen. Dann mampfte das Pony noch etwas Löwenzahn.

Fiona und Sunny gingen zum Seeufer. Stella blickte

ihnen entgegen. Ihre Ohren bewegten sich vor und zurück, als wüsste sie nicht genau, was sie von dem Besuch halten sollte.

„Hallo, Stella", sagte Fiona mit sanfter Stimme und streckte ihr die flache Hand entgegen. „Hier habe ich etwas für dich. Komm doch her."

Das Pony rührte sich nicht. Fiona ging langsam näher und noch näher … Da schnaubte Stella plötzlich, legte die Ohren an und brach nach hinten aus. Sie galoppierte ein Stück weg und hielt dann zitternd an.

„Du meine Güte", sagte Fiona und steckte die halbe Möhre weg. „Hat sie Angst vor uns?"

„Lass es mich mal versuchen", meinte Sunny und trabte auf die graue Stute zu. Sie brummelte freundlich zur Begrüßung. Stella hielt still. Sunny machte den Hals lang und schnupperte an Stellas Nase. Sie ließ es geschehen. Ein Zittern durchfuhr ihren Körper.

„Es klappt!", flüsterte Fiona begeistert. „Sunny, du hast es geschafft!"

Doch Fiona täuschte sich. Sunnys Nase wanderte nun an Stellas Hals entlang bis zum Widerrist. Pferde beknabberten sich dort oft gegenseitig. Doch als Sunnys Nase den Rücken erreichte, stieß Stella sie weg, drehte sich um und trat nach ihr. Sie traf Fionas Liebling an der Brust.

Ein schrilles Wiehern zerriss die Luft. „Sunny!“, rief Fiona und rannte auf ihr Goldpony zu. Sunny stellte sich rasch zwischen Fiona und Stella. Doch das wäre gar nicht nötig gewesen. Die graue Stute galoppierte mit aufgestelltem Schweif davon, weit weg von Sunny, Fiona und den anderen Ponys.

„Hat sie dich verletzt?“, fragte Fiona atemlos. Sie strich sanft über Sunnys Brust.

„Halb so schlimm. Nur …“ Das Funkelpony schüttelte den Kopf. „Ich verstehe einfach nicht, warum Stella so ist. Ich habe ihr doch nichts getan!“ Die immer fröhliche, lebhafte Sunny ließ traurig den Kopf hängen.

Fiona schlang dem Pony die Arme um den Hals. „Wollen wir auf die Funkelwiese?“, flüsterte sie.

Sunny blickte zu der mächtigen Blutbuche, die ihre normale Koppel von der magischen Funkelwiese trennte. Die Sonne stand schon tief am Himmel und schickte goldene Strahlen zwischen den Bäumen hindurch. „Gute Idee, Fiona. Steig auf.“

Am Koppelzaun kletterte Fiona auf Sunnys warmen Rücken und ließ sich von ihr über die Wiese tragen.

Unter den roten Blättern der Buche funkelte die Luft und alles um sie herum blitzte kurz auf. Dann schritten sie in das Glitzergras und die süße Luft der Funkelwiese. Fiona streichelte Sunny sanft über den Hals. Egal, was eben mit Stella passiert war … hier auf der Funkelwiese gab es nur sie beide – und ihre Freundschaft.

Kapitel 5
Die Funkelmagie

Am nächsten Nachmittag radelte Fiona wie so oft zum Dorf hinaus. Vor dem Haus der Landmanns stand ein Auto, das sie nicht kannte, aber auf Hof Lichtenberg war es wie ausgestorben. Weder Leo noch Till noch eins der anderen Funkelmädchen waren zu sehen. Kein Auto und kein Fahrrad standen herum. Lise und Lotte, die Hängebauchschweine, lagen an einer schlammigen Stelle ihres Auslaufs im Schatten. Die Pferdeboxen im Stall waren leer.

Fiona lief zur Koppel am See hinunter, um Sunny zu begrüßen. Sie streichelte das Funkelpony und die beiden unterhielten sich leise. Sunny erzählte, dass Stella sich unverändert merkwürdig verhielt: Sie war abweisend, unfreundlich und wild. Sunny schlug vor, Leo um Rat zu fragen, und Fiona stimmte ihrem Goldpony zu. Doch da Leo nicht zu Hause zu sein schien, machte Sunny für Fiona erst noch ein paar lustige Kunststücke. Sie stieg hoch, strampelte dabei mit den Vorderhufen und wieherte ausgelassen. Sie drehte sich um sich selbst, als ob sie ihren eigenen Schweif jagte. Sie lief rückwärts und dann ganz schnell wieder vorwärts. Fiona sah ihr dabei zu und musste lachen. Sunny führte ja eine richtige Show auf!

Wenig später kehrte Fiona auf den Hof zurück. Vor dem Wohnhaus parkten Janas hellblaues und Aurelias weißes Fahrrad sowie Lenis Mountainbike zwischen zwei Autos. Fiona erkannte sie sofort: Eins war Tills und Leos Auto und das andere gehörte Dr. Harsch. Er war der Tierarzt, der die Funkelponys versorgte, wenn sie krank waren, aber weder Fiona noch Sunny konnten ihn leiden. Der Mann war unfreundlich und irgendwie gruselig, nicht zuletzt wegen Nox, seinem riesigen grauen Hund. Zum Glück schien Nox heute nicht im Auto zu sitzen, sonst hätte er Fiona sicher schon längst böse angeknurrt.

„Da bist du ja endlich, Fiona", sagte Aurelia, als Fiona zum Treffpunkt hinter dem Stall kam. „Leo hat uns erlaubt, einen Ausritt zu machen. Wir warten nur auf dich."

„Ein Ausritt? Super!" Fiona strahlte. Das Gespräch mit Leo wegen Stella konnte warten. Ein Ausritt mit Sunny ging auf jeden Fall vor! Sie sprang vom Holzstapel, aber Leni hielt sie zurück.

„Wartet kurz, ich muss euch noch was sagen“, begann sie. Sie tastete nach ihrem Funkelstein, aber Fiona hatte plötzlich den Eindruck, dass sie nur ihr T-Shirt umklammerte. Da sprudelte es schon aus Leni heraus: „Mein Funkelstein ist weg. Ich habe ihn vorgestern zum Schwimmen abgenommen und danach vergessen. Jetzt habe ich keine Ahnung, wo er ist! Ich mache mir solche Sorgen … Was, wenn meine Eltern oder meine Schwester ihn finden?“

„Dein Stein ist weg?“ Fiona machte große Augen, Aurelia presste die Lippen zusammen und Jana legte Leni einen Arm um die Schultern.

„Was sitzt du hier herum?“, fragte Aurelia streng. „Du musst nach Hause und den Stein suchen. Niemand darf ihn entdecken, niemand, hörst du?“

„Das weiß ich doch, Lia“, murmelte Leni. „Und ich habe schon überall gesucht: in meiner Schwimmtasche, zwischen den Handtüchern, im Wäschekorb … überall!“

„Ich frage heute Abend Mama und Papa, ob er im Lichterseebad abgegeben worden ist“, sagte Fiona.

„Und du suchst zu Hause weiter, Leni“, bestimmte Aurelia. „Der Stein *darf* einfach nicht weg sein.“

Auf ihrem Ausritt durch die Felder und Wiesen am Lichtersee sprachen die Mädchen über Tigers Funkelstein. Leni zeigte ihnen, dass er immer noch braun-golden und sehr hell funkelte. Doch Elses Worte *Helft Tscho* … ergaben für Leni, Jana und Aurelia weiterhin einfach keinen Sinn.

„Ich kann mich sowieso nicht auf die Aufgabe konzentrieren", meinte Leni frustriert. „Ich muss nämlich dauernd an meinen verschwundenen Stein denken."

Betreten schwiegen die Mädchen. Hoffentlich tauchte Lenis Funkelstein bald wieder auf!

Fiona, Sunny und die anderen ritten einen Feldweg entlang. Fiona blickte auf den Lichtersee hinaus, dessen riesige Wasserfläche in der Nachmittagssonne glitzerte. Ein paar träge Wellen klatschten ans Ufer. Weiter draußen auf dem See zogen zwei sportliche Ruderboote vorbei. Fiona glaubte, Till Lichtenberg zu erkennen, denn sie wusste, wie sein Boot aussah. Der andere Ruderer war vermutlich Dr. Harsch. Zum Glück, dann war er nicht wegen der Ponys oder einem der anderen Tiere auf den Hof gekommen, sondern um mit Till zu rudern!

Fiona richtete ihre Aufmerksamkeit wieder auf ihre Freundinnen und Elses geheimnisvolle Botschaft. Sie selbst glaubte immer noch, dass Stella gemeint sein könnte. Bestimmt hatte Leni sich bloß verhört! Aber sie traute sich nicht mehr, ihre Idee zu erwähnen.

„Ich wünschte, Else würde noch einmal zu uns kommen und ihre Worte wiederholen“, sagte sie. „Warum tut sie das nicht?“

Aurelia zuckte mit den Schultern. „Else ist nicht leicht zu durchschauen“, sagte sie. „Manchmal gibt sie uns einen Hinweis, manchmal nicht. An einem Tag klingt ihr Rufen deutlich und dann wieder wie der Schrei einer ganz normalen Elster. Wir haben auch schon mal versucht, sie etwas zu fragen, aber das hat nichts gebracht. Sie ist und bleibt ein völlig normaler Vogel.“

„Beinahe normal“, warf Leni ein. Dann kehrte sie wieder zu ihren anderen brennenden Fragen zurück: Wo war Lenis Funkelstein und was hatte es mit diesem *Tscho* auf sich? Aurelia und Jana sprachen die Namen aller Kinder, Jugendlicher und Erwachsener aus, die sie kannten. Auch Fiona machte irgendwann mit. Nur Leni war in Gedanken versunken. Und da niemand einen Joe kannte, kamen sie sowieso nicht weiter.

Nach dem Ausritt stellten die Mädchen die Ponys in die Boxen im Stall, weil ein weiteres Gewitter angekündigt worden war. Das hatte ihnen Leonore gesagt, die gerade die Hängebauchschweine fütterte. Als Fiona aus dem Stall trat, ließ die Hofbesitzerin Wasser in den Auslauf der Schweine sprudeln.

„Warum machst du das?", fragte Fiona neugierig.

„Liselotte wühlt gern, wie alle Schweine. In dem Schlamm können die zwei sich außerdem auch abkühlen."

Fiona nickte und beobachtete die beiden Hängebauchschweine. Ihre dunklen Bäuche hingen wirklich fast bis auf den Boden, während sie in einer Ecke im Stroh schnupperten. Leonore drehte unterdessen den Wasserhahn zu und hängte den Schlauch auf. „Alles in Ordnung, Fiona? Wolltest du etwas von mir? Ist etwas mit Sunny?"

„Ich habe eine Frage", erwiderte sie und berichtete dann von Stellas Verhalten und Tigers Funkelstein. Sie dachte auch kurz an Lenis Stein, sagte aber nichts davon. Leni hatte die Mädchen gebeten, den Verlust erst einmal geheim zu halten.

„Und du glaubst, Tigers Stein funkelt wegen Stella?", fragte Leo, als Fiona fertig war.

Fiona nickte.

„Oh, Fiona, das tut mir leid!“, rief Leonore aus. „Hat dir das denn keiner gesagt?“ Die Hofbesitzerin legte Fiona einen Arm um die Schultern und lenkte sie zur Bank vor dem Haus. „Else kann auf keinen Fall von Stella gesprochen haben“, erklärte Leo nun.

„Warum seid ihr da alle so sicher?“, fragte Fiona verzweifelt. „Warum wollt ihr mir nicht glauben, wie schlecht es Stella geht? Ich merke das doch und Sunny auch! Stella ist unglücklich! Von wegen Ruhe und Frieden …“

„Else kann nicht von Stella gesprochen haben“, wiederholte Leonore, „weil die Funkelponys sich niemals um Tiere kümmern, sondern nur um Menschen. Es tut mir wirklich leid, aber ich dachte, du wüsstest das.“

Fiona schwieg überrascht. Wenn sie so darüber nachdachte, dann passte Leos Aussage gut zur Funkelmagie. Leni, Jana und Aurelia hatten ihr von vielen erfolgreichen Hilfsaktionen erzählt, aber es waren immer Kinder und Jugendliche gewesen, um die sie sich gekümmert hatten, manchmal auch Erwachsene. Niemals aber Ponys oder andere Tiere.

„Warum sind die Funkelponys nur für Menschen da?“, fragte Fiona.

„Genau weiß ich es nicht“, erwiderte Leo. „Aber es war schon so, als mir meine Großmutter zum ersten Mal von der Funkelmagie erzählt hat. Die Magie kann nicht beliebig wirken, weißt du. Es gibt Regeln und Grenzen für sie. Du weißt ja, dass Sunny eigentlich nur mit dir sprechen kann. Sie kann zwar auch mit dir sprechen, wenn ich oder die anderen Funkelmädchen dabei sind, niemals aber vor Menschen, die nichts von der Funkelmagie wissen.“

„Und was noch?“

Leo überlegte. „Die Funkelwiese! Sie ist nicht immer da, sondern nur in der Dämmerung oder nachts. So wie die aufgehende Sonne die normale Welt für uns sichtbar macht, lässt die Dunkelheit die Funkelwiese auftauchen.“

Fiona grübelte. Tatsächlich, sie war mit Sunny immer nur auf die Funkelwiese geritten, wenn die Sonne bereits untergegangen war oder nah am Horizont stand. Eine Weile schwieg sie und dachte darüber nach, was Leo ihr gerade erzählt hatte.

„Und Stella?“, fragte sie nun.

„Was Stella angeht, gebe ich dir vollkommen recht. Mit einem Funkelpony, das Ruhe und Frieden ausstrahlt, wie es der Sternsaphir verspricht, hat sie keinerlei Ähnlichkeit. Ich mache mir genauso Sorgen um sie wie du und Sunny! Ich habe auch schon überlegt, ob ich mich geirrt habe. Vielleicht war es ein Fehler, Stella auf den Hof zu holen, vielleicht ist sie gar kein Funkelpony."

„Das hast du doch bei Sunny auch gedacht", wandte Fiona ein.

„Eben", meinte Leo. „Und sie war doch eins. Die Funkelmagie irrt nicht und ich kann mich in der Magie nicht irren. Wenn ein Pony einen Funkelstein bekommt, ist es ein Funkelpony, so viel ist klar. Trotzdem möchte ich herausfinden, was Stella so unglücklich macht. Es soll ihr doch gut gehen auf Hof Lichtenberg."

Leonore hing ihren Gedanken nach. Sie lockte Herrn Elch herbei und streichelte den Kater. Anschließend rollte er sich auf der Bank zusammen.

Fiona dachte an Sunny und Stella, die beiden so unterschiedlichen Funkelponys. Doch ihre Gedanken wurden jäh unterbrochen, als Elfriede Landmann auf den Hof gelaufen kam. Die Bänder ihrer Schürze wehten hinter ihr her und ihr lockiges Haar war ganz zerzaust. Stöpsel, der Dackel, sprang ihr kläffend um die Beine.

„Leonore!“, rief sie. „Oh, es ist schrecklich!“

Leonore war aufgesprungen und ihrer Nachbarin entgegengeeilt. Liebevoll führte sie die alte Frau zur Bank und manövrierte sie neben Herrn Elch. „Setz dich erst einmal“, sagte sie. „Und nun erzähl: Was ist passiert?“

„Hans-Heinrich … Herzanfall … mit dem Krankenwagen …“ Die alte Dame schlug die Hände vor das Gesicht und fing an zu weinen.

Fiona setzte sich dicht neben sie. Bestürzt sah sie zu Leonore, die vorsichtig Elfriedes Hände in ihre nahm. „Ist es so schlimm?“, fragte sie ernst.

Elfriede schniefte. „Bitte entschuldigt mich“, sagte sie verlegen. „Ich weiß einfach nicht, was ich denken soll. Hans-Heinrich ist zusammengebrochen und ich habe einen Krankenwagen gerufen. Sie haben ihn mitgenommen. Mein armer lieber Mann!“

Leonore begleitete Elfriede nach Hause, um eine Tasche für Hans-Heinrich zu packen. Gemeinsam wollten sie dann sofort ins Krankenhaus fahren.

„Geh nach Hause, Fiona“, sagte Leonore zum Abschied. „Ich kümmere mich um die beiden. Es wird schon nichts Ernstes sein.“ Doch sie sah bedrückt aus. Fiona sah ihnen traurig hinterher.

Kapitel 6
Elses rätselhafte Botschaft

Am nächsten Morgen im Schulbus erzählte Fiona ihren Freundinnen sofort, was am Vorabend geschehen war. Leni, Jana und Aurelia waren entsetzt, schließlich kannten sie Hans-Heinrich und Elfriede Landmann schon sehr lange. Und auch Fiona hatte das alte Ehepaar (und seinen köstlichen Kakao) längst ins Herz geschlossen.

Fiona aß im Lichterseebad zu Mittag, in Gesellschaft von Frau Braun, ihrem Dackel Nikodemus und dem Gartenzwerg. Der alte Mann, der eigentlich Walter Wildt hieß, kümmerte sich um die Beete und Rasenflächen des Schwimmbades, war bei der Hitze allerdings arbeitslos: Die Rasenflächen waren voll von Schwimmgästen und ihren Decken und das Unkraut in den Beeten war von selbst verdorrt. Fionas Eltern dagegen hatten mehr Arbeit, als ihnen lieb war, so überfüllt war das Bad. Ihre Mutter führte gerade die Badeaufsicht und ihr Vater saß an der Kasse. Für mehr als eine schnelle Umarmung für Fiona und ein von Fabio mit Tomaten und Mozarella belegtes Brötchen aus der Hand blieb da leider keine Zeit.

Natürlich fragte Leni ihre Eltern auch nach einer Kette mit einem braun-goldenen Tigerauge-Stein daran. Doch zwischen zahlreichen Badehosen, Handtüchern und Sonnencremetuben konnte Fiona in der Fundkiste nichts Funkeliges entdecken.

Nach dem Essen, den Hausaufgaben und einer Runde Schwimmen im See radelte Fiona erst am späten Nachmittag zum Hof Lichtenberg. Den ganzen Weg überlegte sie, ob sie bei Elfriede Landmann klingeln oder lieber Leonore nach Hans-Heinrich fragen sollte. Doch sie traf die alte Dame schon auf der Landstraße in der Nähe des Hofes. Sie trug einen riesigen Sonnenhut und führte den kleinen Dackel an der Leine.

Fiona bremste ab.

„Heute muss ich mit Stöpsel Gassi gehen, Fiona", sagte Elfriede zur Begrüßung. „Sonst macht das immer mein Hans-Heinrich."

Eine plötzliche Windböe fuhr unter ihren Hut und riss ihn mit sich, aber sie merkte es gar nicht. Fiona sprang rasch hinterher und gab der alten Dame den Hut zurück. „Wie geht es Hans-Heinrich denn?", fragte sie.

„Es war kein Herzanfall, Gott sei Dank! Aber er muss ein paar Tage im Krankenhaus bleiben. Er verträgt die Hitze nicht, weißt du. Ich mache mir solche Sorgen!“

Das war nicht zu übersehen. Elfriede knetete nervös ihre Hände und ließ dabei Stöpsels Leine los. Erfreut über die plötzliche Freiheit, raste der Hund ins Feld hinein, die Nase dicht am Boden. Sicher hatte er eine spannende Duftspur erschnuppert.

Fiona sammelte nun auch noch Elfriedes Hund ein. Dann hakte sie sich bei der alten Frau unter und begleitete sie zu ihrem Haus.

„Ich bin nicht gern allein“, meinte Elfriede. „In 56 Jahren sind Hans-Heinrich und ich kaum einen Tag getrennt gewesen. Und nun das. Ich mag es einfach nicht.“ Schwer seufzend, ließ sie sich auf die Bank vor ihrem Haus fallen. Fiona brachte ihr noch ein Glas Wasser, dann verabschiedete sie sich.

Leni, Jana und Aurelia hatten ihren Teil der Stallarbeit bereits erledigt und waren zu den Ponys auf die Koppel gegangen. Fiona beeilte sich damit, die Pferdeäpfel aus Sunnys Box zu entfernen, das Stroh auf dem Boden und das Heu im Heunetz aufzufüllen.

Auf dem Weg zur Koppel sah Fiona Leo auf der Terrasse sitzen. Einer plötzlichen Idee folgend, erzählte sie ihr von der Begegnung mit Elfriede Landmann. Leonore versprach, sich ein wenig um ihre Nachbarin zu kümmern. Beruhigt rannte Fiona durch den Garten, zwischen den Feldern hindurch und hinunter zur Koppel am See.

Sunny stand ganz vorne am Zaun und blickte Fiona entgegen. Sie wieherte freudig, als sie ihre Freundin sah. Fiona winkte, dann ließ sie ihren Blick über die Koppel schweifen. Stella graste abseits der anderen an ihrem Lieblingsplatz am Seeufer. Leni, Jana und Aurelia waren bei ihren Funkelponys. Jana lehnte sich kuschelnd an Opals Hals, Aurelia und Luna gingen auf der Koppel spazieren und Leni und Tiger waren in ein angeregtes Gespräch vertieft. Fiona lief zu ihnen hinüber.

„Hi, Leni. Was ist mit deinem Stein?“, fragte sie atemlos.

Leni machte ein trauriges Gesicht. „Nichts“, sagte sie. „Ich habe unser Haus auf den Kopf gestellt, kann ihn aber nicht finden. Und das Schlimmste ist …“ Sie zögerte.

„Ja?“, fragte Fiona. „Komm, sag es mir. So schlimm wird es schon nicht sein.“

Leni seufzte. „Doch, ist es. Du weißt ja, dass die Funkelsteine unser Zeichen für die Verbindung zu den Ponys sind. Jetzt, da meiner weg ist, merke ich: Meine Verbindung zu Tiger wird schwächer."

Fiona schnappte entsetzt nach Luft.

„Natürlich sind wir noch dicke Freunde", meinte Leni und schlang ihrem Pony die Arme um den Hals. Tiger schnaubte wohlig. „Aber irgendetwas stört unsere Konzentration. Zum Beispiel kommen wir einfach nicht darauf, was es mit Elses Botschaft auf sich hat."

„Die ist aber auch schwierig", meinte Fiona tröstend.

„Wir haben schon viel schwierigere Rätsel gelöst!", meinte Leni. „Nein, ich fürchte, es liegt am Funkelstein. Ohne unsere tiefe Funkelfreundschaft können Tiger und ich unsere Aufgabe nicht erfüllen." Lenis Augen füllten sich mit Tränen. „Bitte, Fiona, erzähl Lia und Jana nichts davon. Es wäre mir so peinlich!"

Fiona versprach es, dann ging sie zu Sunny hinüber.

„Hallo, Goldpony!", sagte sie und wuschelte ihrem Liebling zur Begrüßung durch die Mähne. Wie immer warf sie auch einen kurzen Blick auf den Funkelstein, doch er lag nur matt schimmernd auf Sunnys Stirn. „Ich weiß jetzt, dass er wegen Stella leider gar nicht funkeln kann", sagte Fiona.

Sunny wieherte überrascht und Fiona erzählte ihr alles, was sie am Vortag von Leo erfahren hatte. Als sie fertig war, schüttelte Sunny ungläubig ihren Kopf.

„Aber Stella tut mir so leid", schnaubte sie. „Immer ist sie nur böse, niemals fröhlich. So kann man doch nicht leben!" Und sie drehte eine kleine Trabrunde um ihre Freundin herum.

Fiona lächelte. „Das glaube ich auch. Aber wir haben keine Möglichkeit, ihr mit der Funkelmagie zu helfen. Und dann ist da noch etwas." Sie erzählte Sunny, was sie von Leni erfahren hatte.

„Wir müssen Tiger und Leni unbedingt beistehen!", sagte Sunny sofort.

Fiona lächelte. „Genau das meine ich auch. Wenn die beiden nicht herausfinden, wer mit *Tscho* gemeint ist, müssen wir es eben tun. Glaubst du, wir können das?" Sunny rieb ihren Kopf an Fionas Bauch. „Aber klar", schnaubte sie.

In diesem Augenblick rief eine Stimme Fionas Namen. Sie blickte sich um und sah Leni aufgeregt nach ihr winken. Schnell lief sie über die Koppel zu den anderen

Funkelmädchen. Sunny folgte ihr und pustete ihr bei jedem Schritt in den Nacken. Schließlich blieb Fiona stehen und rieb sich kichernd die Haut. „Lass das, Sunny, das kitzelt!"

Aurelia und Jana hatten sich bereits zu Leni und Tiger gesellt. Luna und Opal grasten in der Nähe. An ihren gespitzten Ohren erkannte Fiona, dass sie dennoch aufmerksam zuhörten.

„Ich wollte mit euch über unsere Aufgabe sprechen", begann Leni. „Wir müssen einfach herausfinden, was die Funkelmagie von uns will! Sonst lösen wir immer knifflige Rätsel, um jemandem zu helfen. Aber dieses Mal ist das anscheinend schon notwendig, um die Person überhaupt erst ausfindig zu machen."

„Und das werden wir auch, Leni", sagte Tiger. Der Wallach hatte eine sanfte, leise Stimme. Fiona staunte. Sie hatte noch nie ein Funkelpony sprechen hören – außer Sunny natürlich.

Leni lächelte Tiger an. „Ich hoffe es. Wir haben nämlich schon einen Plan. Also, mehrere Pläne eigentlich. Sagt mal, was ihr davon haltet."

Gespannt sahen Fiona, Jana und Aurelia sie an.

„Plan eins", sagte Leni und zeigte auf ihren Daumen.

„Wir besuchen Else auf der Funkelwiese und überzeugen sie, uns den Namen noch einmal zu nennen."

„Das klingt gut", meinte Jana, aber Aurelia schüttelte den Kopf. „Else ist scheu und sie spricht nicht auf Kommando. Ich glaube nicht, dass es etwas bringt, nach ihr zu suchen."

„Genau, für die Funkelmagie gibt es nämlich Regeln und Grenzen", warf Fiona ein.

Aurelia sah sie beeindruckt an.

„Na gut", gab Leni nach und wedelte mit dem Zeigefinger. „Dann eben Plan zwei. Ich zermartere mir weiterhin und noch viel stärker mein Gehirn. Irgendwo dadrin muss doch die Erinnerung an Elses vollständige Botschaft stecken!" Sie klopfte sich mit den Fäusten gegen die Schläfen.

„He, tu dir nicht weh, Leni", sagte Jana und Tiger wieherte aufgeregt. „Glaubst du wirklich, du könntest dich an alles erinnern? Bei dem Krach, den wir bei der Wasserschlacht gemacht haben, hast du einfach nicht alles gehört, glaube ich."

Leni seufzte schwer. „Dann hoffe ich, ihr mögt wenigstens meinen Plan drei." Sie tippte auf ihren ausgestreckten Mittelfinger. „Ich lege mein Handy im Aufnahmemodus auf den Hof und hoffe, dass Else bald noch einmal mit mir redet. Und dieses Mal mache ich davon ein Video."

Aurelia verdrehte die Augen.

„Was passt dir denn jetzt schon wieder nicht, Lia?", fragte Leni genervt. Tiger trat näher und rieb beruhigend seinen Kopf an ihrem Arm.

„So lange reicht dein Akku doch gar nicht", meinte Aurelia nur. „Und wenn es wieder gewittert, ist dein Handy im Eimer."

„Oh, Mann!" Verärgert trat Leni mit dem Reitstiefel gegen ein Grasbüschel. „Das kann doch gar nicht wahr sein! Wir haben bisher jedes Rätsel gelöst. Jedes! Aber anscheinend sind dieses Mal alle meine Ideen völliger Müll."

Automatisch tastete Leni nach der Stelle, wo ihr Funkelstein hängen sollte. Sie schluckte und sah Fiona unsicher an. Fiona legte einen Finger auf ihren Mund. Sie würde Aurelia und Jana nichts von Lenis Befürchtungen sagen.

Dann schnappte Fiona plötzlich nach Luft. Bei Lenis Plan drei war ihr etwas eingefallen … eine Erinnerung … Sie hatten die Ponys vor dem Stall angebunden … Aurelia hatte Trinkeimer für Luna, Opal, Tiger und

Sunny gefüllt … Sie hatten die Beine ihrer Lieblinge mit dem Gartenschlauch abgekühlt, das Ganze war in eine lustige Wasserschlacht ausgeartet … Und Leni hatte die ganze Zeit ihr Handy in der Hand gehabt.

„Leni!“, sagte Fiona atemlos. „Du hast doch Fotos von unserer Wasserschlacht gemacht, oder?“

„Fotos?“, fragte Leni verwirrt. „Ach so. Nein, keine Fotos, die finde ich immer langweilig. Ich habe ein Video gedreht. Ich liebe Videos! Ich bearbeite sie sogar, unterlege sie mit Musik und so, dann zeige ich sie meiner Schwester. Die glaubt mir nämlich nicht, wie viel Spaß Reiten macht. Ich will ihr das Gegenteil beweisen.“

„Na also!“, rief Fiona. „Plan drei klappt vielleicht doch!“

Leni, Aurelia und Jana starrten Fiona an. Dann begann Leni zu grinsen. „Jetzt verstehe ich“, hauchte sie. „Ich habe Plan drei nämlich schon längst durchgeführt.“ Sie holte ihr Handy hervor und wischte eine Weile suchend darauf herum. Dann spielte sie ein Video ab. Die Mädchen drängten sich zusammen und starrten auf den kleinen Bildschirm.

Fiona sah Jana mit dem Wasserschlauch. Sie selbst hüpfte kreischend durch den kalten Strahl. Aurelia ver-

steckte sich hinter Luna. Jana und Leni lachten laut und das Bild wackelte. Während man die anderen Mädchen rufen und kichern hörte, sah man nun Tiger. Unter seiner roten Stirnlocke war ein zartes Licht zu erahnen. Dann war plötzlich ein schwarzes Flattern zu sehen, ganz oben am Bildrand. Else, die Elster, saß auf der Regenrinne. Sie schrie. Leni musste das Video mehrmals anhalten und erneut abspielen, bis sie das Keckern endlich richtig verstehen konnten. Es klang wie: *Heff-heff-heff! Tscho! Siiie! Tscho! Siiie!*

Leni sah ihre Freundinnen an. „Helft Tschosi … Tschosi? Wer soll das denn sein?“

Kapitel 7
Goldenes Funkeln

„Tschosi“, murmelte Fiona vor sich hin. Irgendetwas kam ihr daran bekannt vor, aber sie kam einfach nicht darauf. Sunny spürte ihre Anspannung, trat näher und blies sanft gegen ihre Wange. Fiona musste kichern. Und dann klickerte es. Aufgeregt sah sie ihre Freundinnen an. „In meiner alten Klasse war eine Josefine, die wurde von allen Josie genannt. Also englisch ausgesprochen mit *Dsch* vorne. Elses *Tschosi* bedeutet Josie!“

Jana riss staunend die Augen auf und Leni vollführte einen kleinen Luftsprung.

„Du hast das Rätsel gelöst, Fiona!“, rief sie. „Auch wenn Tiger und ich sonst eigentlich die Profis im Problemlösen sind. Aber egal, ich freue mich so!“

Fiona grinste. „Ich mich auch. Und siehst du, jetzt haben Sunny und ich dich sogar froh gemacht, ganz wie es unsere Aufgabe ist.“

„Nicht schlecht, Fiona“, meinte Aurelia anerkennend.

„Das Problem ist nur: Wer ist Josie? Ich kenne niemanden, der so heißt, und auch keine Josefine. Das Mädchen aus deiner alten Klasse kann nicht gemeint sein, das lebt viel zu weit weg."

„Ich kenne keine andere Josie", meinte Fiona. „Aber ich wohne ja auch noch nicht so lange hier. Leni? Jana?"

Jana schüttelte bedauernd den Kopf.

Leni überlegte eine Weile. „Nichts", sagte sie dann. „Aber ich frage gleich mal Till und Leo. Ich hoffe, dass Tiger und ich wenigstens das rausbekommen. Nicht wahr, Tiger?"

Der Fuchs nickte mit dem Kopf und entblößte dabei den hell funkelnden Tigerauge-Stein.

„Hast du deinen Funkelstein endlich wieder, Leni?", fragte Aurelia noch.

Leni schüttelte den Kopf. „Noch ein Problem, das ich lösen muss", sagte sie bedrückt.

Die vier Mädchen verabschiedeten sich von ihren Lieblingsponys, holten ihre Fahrräder vom Hof und fuhren ins Dorf zurück. Nur Leni klingelte noch am Wohnhaus, um mit den Lichtenbergs zu reden.

Im Wegfahren warf Fiona einen Blick zum Häuschen der Landmanns hinüber. Elfriede und Stöpsel waren nicht zu sehen. Vielleicht besuchten sie ja gerade Hans-Heinrich.

Am nächsten Tag hatten die vier Freundinnen eine Reitstunde in der Bahn. Als sie vorher die Ponys von der Koppel holten, fragte Fiona Leni, ob sie auf ihrer Suche nach ihrem Funkelstein oder dem Mädchen namens Josie schon weitergekommen war. Doch es gab nichts Neues.

Fiona ließ sich mit Sunny etwas zurückfallen. „Wir müssen Josie finden", flüsterte sie dem Pony zu. „Ich habe schon überlegt, im Internet nach ihr zu suchen. Oder ich frage mal Mama und Papa, die kennen doch eine Menge Kinder und Jugendliche aus dem Lichterseebad. Oder …"

Sunny gab ihrer Freundin einen kleinen Schubser.

„He! Was ist?", fragte Fiona lachend.

Sunny blieb stehen und wartete, bis die anderen außer Hörweite waren. „Josie ist Lenis und Tigers Aufgabe, nicht unsere", brummelte sie.

„Ich weiß. Aber du siehst doch auch, dass die beiden nicht richtig vorankommen. Leni glaubt, dass das an ihrem verschwundenen Funkelstein liegt. Deswegen muss sie ihn dringend finden. Aber in der Zwischenzeit wartet Josie vielleicht verzweifelt auf Hilfe!“

Sunny schnaubte. „Stimmt, Fiona, daran habe ich nicht gedacht. Ich war in Gedanken nämlich bei Stella. Auch wenn wir ihr nicht mit Funkelmagie beistehen können, kann sie Freude gebrauchen. Und Glück.“

Fiona sah das Pony betreten an. „Stella habe ich über das Rätsel um Josie ganz vergessen“, gab sie zu. „Danke, dass du immer noch versuchst, sie aufzuheitern, meine Süße!“ Sie schlang Sunny die Arme um den Hals und schmiegte sich an sie. Dann schob sie die Schopfhaare ein wenig auseinander, um nach Sunnys Funkelstein zu sehen.

Und da geschah es: Der goldene Stein schimmerte zuerst nur matt, dann funkelte er plötzlich hell auf wie tausend Sterne in der Nacht.

„Sunny! Dein Stein funkelt!“, japste Fiona. „Es ist so weit, wir bekommen eine neue Aufgabe.“

„Prima!“, schnaubte Sunny erfreut. „Mal hören, was Else uns zu sagen hat.“ Sie sah sich um und Fiona tat es ihr gleich, doch die Elster war nirgends zu entdecken.

Fiona verbarg den Funkelstein wieder unter der Stirnlocke, griff den Führstrick fester und lief schneller Richtung Hof. Sunny tänzelte dicht neben ihr her. „Nun aber kein Wort mehr, Sunny. Auf dem Hof ist die Gefahr, dass Till dich hört, viel zu groß!“

„Das weiß ich doch“, meinte Sunny schnaubend. Sie trabte ein paar Schritte und blickte Fiona aufmunternd an. Die grinste und begann, neben ihrem Pony herzujoggen. Es wurde wirklich höchste Zeit, dass sie die anderen einholten!

Leni, Aurelia und Jana banden ihre Ponys zum Putzen im Stall an, aber Fiona blieb mit Sunny auf dem Hof.

Aurelia mahnte zwar, dass es drinnen viel schattiger und kühler sei, aber Fiona beachtete sie nicht. Sie wollte Else auf keinen Fall verpassen! Doch die ganze Zeit, während sie Sunny striegelte, ihre Hufe auskratzte, die Mähne kämmte und den Schweif verlas, die Trense anlegte und den Sattelgurt festzog, ließ sich die Elster nicht sehen. Immer wieder warf Fiona einen verstohlenen Blick zwischen Sunnys Schopfhaare. Sie hatte sich nicht geirrt, der Stein funkelte wirklich!

Schließlich kamen die anderen Mädchen mit ihren Ponys aus dem Stall und Leo rief die Reiterinnen zur Reitbahn.

„Dann kommt Else eben nach der Stunde", raunte Fiona ihrem Lieblingspony ins Ohr. „Was sie uns wohl sagen wird? Oh, ich wünschte, wir könnten Leni und Tiger bei Josie helfen!"

Sunny schnaubte zustimmend.

Leo hatte an diesem Tag etwas Besonderes vorbereitet: Vier bunte Fahnen an langen Bambusstäben ragten aus einem Strohballen, einige Stangen und eine Plane lagen auf dem Boden und an einer anderen Stelle stand eine große Schüssel.

„Rohe Eier?", fragte Aurelia ungläubig. Sie stand vor

der Schüssel und blickte hinein. Jana führte Opal am Zügel durch die Reitbahn und untersuchte mit ihm die Gegenstände genauer. Schließlich ließ Leo die Mädchen neben ihren Ponys Aufstellung nehmen.

„Heute machen wir ein paar Spiele", erklärte sie. „Flaggenritt, Staffelreiten mit rohen Eiern, das sind schöne Geschicklichkeitsprüfungen. Was sagt ihr dazu?"

„Cool!", meinte Leni begeistert. „Das wollte ich schon ewig mal ausprobieren. Ich glaube, Tiger hat auch richtig Lust dazu. Was ist mit euch?"

Sunny wieherte begeistert und warf den Kopf zurück. Fiona klopfte ihr lächelnd den Hals. Aurelia dagegen saß bereits im Sattel. „Wann geht es los?", fragte sie.

Leo ließ die anderen Mädchen aufsitzen und mehrfach um die Reitbahn traben und galoppieren. Dann erklärte sie ihnen die Regeln für das Staffelreiten.

„Wir bilden zwei Teams", sagte sie. „Alle warten dort hinten. Bei *Los* steigen die ersten beiden auf, reiten zur Schüssel, holen sich ein Ei, bringen es zurück, steigen ab, übergeben es ihren Teamkolleginnen und diese bringen es auf dem Pferderücken zurück. Das schnellere Team gewinnt."

Fiona bildete ein Team mit Jana, die den Ritt begann

und das Ei unversehrt zu ihr brachte. Doch dann hatte Fiona gleich ein Problem. Wie sollte man mit einem rohen Ei in der Hand auf den Ponyrücken gelangen? Sie zog sich mit einer Hand am Sattel hoch, während sie das Ei in der anderen hielt, schwang ein Bein über Sunnys Rücken – und plumpste nach vorne. Es knackste und orangefarbener Schleim klebte an ihrem T-Shirt. Die anderen lachten und Fiona musste mitlachen. Sie bekam ein neues Ei, doch nun musste sie den Rückstand auf Aurelia und Luna aufholen. Sie wollte Sunny gerade antreiben, da sah sie einen Schatten: Else war gekommen! Die Elster flatterte über dem Stall umher, bezog erst Stellung auf dem Dachfirst, dann auf der Regenrinne und hüpfte schließlich auf den Hof, wo Fiona sie nicht mehr sehen konnte.

„Fiona, schlaf nicht ein!“, rief Jana. Fiona schreckte hoch. Sie stand mit Sunny mitten in der Reitbahn, das Ei in der Hand und beobachtete die Elster. Aurelia war fast im Ziel, noch ein paar Meter … zu spät. Aurelia und Leni hatten gewonnen und umarmten sich jubelnd.

„Sorry, Jana, ich war abgelenkt“, sagte Fiona.

„Ist doch nicht schlimm.“ Jana lächelte freundlich wie immer.

Das zweite Spiel lief für Fiona und Sunny auch nicht viel besser. Eigentlich war es nicht schwer, Sunny durch den Hindernisparcours zu führen, aber Fiona konnte sich die richtige Reihenfolge einfach nicht merken, weil sie immerzu nach Else schielte. Doch die Elster blieb beim Stall und kam nicht näher.

„Tut mir leid, dass wir bei keinem Spiel gewonnen haben", flüsterte Fiona Sunny am Ende der Reitstunde zu. Zur Antwort rieb das Pony seinen Kopf an Fionas Arm. „Du bist nicht traurig, oder?"

Sunny tänzelte auf der Stelle.

„Ach, was rede ich da, du bist doch nie traurig!", meinte Fiona grinsend. „Deshalb mag ich dich ja auch so. Aber jetzt schnell zum Stall. Ich will endlich hören, was Else uns zu sagen hat." Rasch führte sie Sunny zum Stall und band sie auf dem Vorplatz an. Sie hatte gerade mal den Sattel abgenommen und die Gurte an der Trense gelöst, da flatterte Else schon herbei. Sie hockte sich auf einen Fenstersims und starrte wie gebannt auf Sunnys Stirnlocke.

„Möchtest du den Stein sehen?", flüsterte Fiona und schob die Haare auseinander. Ein goldener Lichtblitz brach hervor. Es

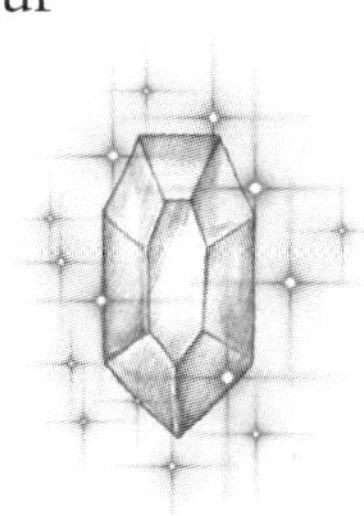

war, als wollte der Funkelstein mit der Sommersonne um die Wette strahlen.

Wie auf Kommando öffnete Else den Schnabel und begann zu keckern. Fiona hielt den Atem an und machte keinen Laut, um auch ja nichts von Elses Rufen zu verpassen. Sie hörte: „Heff-heff-heff! Elfriiiiede! Elfriiiiede!"

Fiona runzelte die Stirn. Sie hatte erwartet, Else würde sie zu Josie oder Stella schicken. War wirklich Elfriede Landmann gemeint?

Kapitel 8
Im Lichterseebad

Leonore bat die Mädchen, die Ponys in ihre Boxen zu bringen. Für Fiona und Sunny hieß das, dass sie an diesem Tag nicht mehr miteinander sprechen konnten. Till war zu Hause und Dr. Harschs Auto stand auch auf dem Hof. Sie durften nichts von den Funkelponys erfahren.

Fiona beschloss, erst am nächsten Tag mit Sunny über die Botschaft der Elster zu sprechen. Doch als sie am Reetdachhaus der Landmanns vorbei nach Hause radelte, entschied sie sich zu einem kleinen Test. Sie klingelte an der Tür. Niemand öffnete und sie klingelte ein zweites Mal.

Offenbar war Elfriede nicht da. Wahrscheinlich besuchte sie ihren Mann im Krankenhaus. Das konnte doch nur bedeuten, dass sie kein besonders großes Problem hatte, oder? Hans-Heinrich fehlte nichts Ernstes, das hatte Elfriede selbst gesagt. Bald würden die beiden wieder vereint und Elfriede vollkommen glücklich sein.

Fiona konnte ja morgen noch einmal bei ihr vorbeigucken. In der Zwischenzeit wollte sie unbedingt diese Josie finden.

Nur wie sie das anstellen sollte, wusste Fiona nicht. Beim Abendessen im Lichterseebad grübelte sie die ganze Zeit darüber nach.

Auch ihre Eltern waren wenig gesprächig.

„Die Kasse klingelt“, stellte Fionas Mutter fest.

„Bei mir am Kiosk auch“, warf Fabio grinsend ein.

„Aber die Arbeit!“ Fionas Mutter stöhnte. „Wir kommen kaum hinterher, sind den ganzen Tag auf den Beinen. Und das bei der Hitze. Ich bin fix und fertig!“

„Arme Mama.“ Fiona lächelte ihre Eltern an. Wenn sie die doch nur mit Sunny zusammen aufheitern könnte! Doch dann würde die Liste derjenigen, um die sie sich kümmern wollten, wirklich zu lang.

Plötzlich war es, als würde Sunnys Funkelstein in Fionas Kopf hell auffunkeln. Sie hatte eine fantastische Idee! Damit könnte sie ihren Eltern helfen und gleichzeitig Josie finden!

„Mama?“, begann sie vorsichtig. „Soll ich euch im Lichterseebad aushelfen? Ich könnte gleich morgen Nachmittag kommen.“

„Oh, würdest du das tun, Schatz?“ Ihre Mutter lächelte schwach. „Du weißt, wir wollen dich nicht dazu zwingen, das Lichterseebad ist unser Job, nicht deiner.“ „Verbringst du deine Zeit nicht viel lieber auf dem Ponyhof?“, fragte ihr Vater.

Fiona nickte. „Eigentlich schon. Aber einen halben Tag Pause werden Sunny und ich schon überstehen. Ich könnte doch die Kasse übernehmen und Eintrittskarten verkaufen. Einverstanden?“

Fabio machte ein enttäuschtes Gesicht. „Und ich dachte, du hilfst mir“, sagte er.

„Geht leider nicht“, meinte Fiona. „An der Kasse kann ich mich viel besser nützlich machen. Und für mein …“, sie hüstelte, „… mein Schulprojekt ist das auch ganz praktisch.“

Am Freitagnachmittag saß Fiona im Kassenhäuschen des Lichterseebads. Ihr Vater hatte ihr den altmodischen Ticketautomaten erklärt und die Kasse mit dem Wechselgeld gezeigt. Die Eintrittspreise kannte Fiona sowieso schon auswendig.

Schon bald trudelten die ersten Gäste ein, eine Familie mit drei Töchtern. Fiona rechnete die Beträge zusammen, kassierte das Geld und zog mithilfe einer ratternden Kurbel fünf Kartenabschnitte aus der alten Maschine.

„Ich hätte noch eine Frage“, sagte sie dann höflich. „Ich muss ein Referat für die Schule halten. Für Geschichte. Mein Thema heißt ‚Vornamen im Wandel der Zeiten‘. Alte Vornamen bekomme ich aus Büchern und dem Internet. Aber für moderne Vornamen möchte ich eine Umfrage machen. Genau gesagt, interessieren mich Mädchennamen. Würdet ihr mir eure Vornamen verraten?“

Die drei kleinen Mädchen, alle deutlich jünger als Fiona, sahen ihre Eltern unsicher an. Die nickten freundlich. „Klasse, wie du dich für die Schule einsetzt“, sagte die Frau. „Also, Kinder, wie heißt ihr?“

„Levke.“ – „Ninke.“ – „Femke.“

„Schöne Namen. Danke und viel Spaß im Lichterseebad!“ Fiona schrieb die Namen auf und bediente dann die nächsten Gäste.

Im Laufe des Nachmittags notierte Fiona sich etwa fünfzig verschiedene Vornamen. Manche wiederholten sich, zum Beispiel badeten mindestens fünf Mias und drei Emilys im Lichtersee. Es gab zwei Johannas, eine Jella und eine Janne, nur eine Josie war nicht dabei.

1160

Fiona grübelte. Dafür konnte es tausenderlei Erklärungen geben. Vielleicht ging Josie nicht gern schwimmen. Oder sie kam an einem anderen Tag. Vielleicht war sie auch schon erwachsen. Fiona hatte bisher nämlich nur Kinder und Jugendliche nach ihren Vornamen gefragt.

Nach ein paar Stunden löste Fionas Mutter ihre Tochter an der Kasse ab. „Danke, das war wirklich sehr hilfreich", sagte sie und gab Fiona einen Kuss.

„Ich kann gern morgen noch mal helfen!"

Ihre Mutter strahlte. „Das wäre wunderbar. Was habe ich doch für eine tolle Tochter! Wir sehen uns später zu Hause, ja? Du weißt doch, dass Papa und ich heute früher schließen. Freitag ist Familienabend. Jetzt aber ab mit dir auf den Ponyhof."

Das ließ sich Fiona nicht zweimal sagen. Auch wenn sie heute noch keine Josie getroffen hatte, war sie zuversichtlich, dass ihr Plan aufgehen würde. Sie würde Mama und Papa einfach noch mehr helfen – wenn es sein musste, jeden Tag!

Vom Lichterseebad aus hatte Fiona, wann immer die Schlange an der Kasse es ihr erlaubte, zum anderen Ufer hinübergespäht. Ein paarmal hatte sie einen Blick auf

Sunny und die anderen Ponys erhaschen können. Daher radelte sie jetzt direkt zur Koppel am Seeufer. Unterwegs traf sie Elfriede, die wieder mit dem Hund spazieren ging. Fiona winkte ihr zu und Elfriede winkte zurück. Fiona radelte schnell weiter. Sie spürte einen kleinen, nagenden Gewissensbiss im Hinterkopf. Wegen der Suche nach Josie blieb für Elfriede irgendwie gar keine Zeit! Fiona betrachtete die alte Frau genauer. Sie sah ganz fröhlich und normal aus, so ein Glück! Außerdem war Fiona dieser Josie ganz dicht auf der Spur. Wenn sie das Mädchen erst gefunden hatte, würde sie sich um Elfriede kümmern.

Jetzt brauchte Fiona erst einmal etwas Zeit für ihr liebstes Funkelpony. Allerdings wartete es nicht wie sonst am Gatter auf sie und es trabte auch nicht herbei, als Fiona zum Zaun kam. Sie konnte Sunny nirgends entdecken. Stella stand wie immer am Seeufer. Opal, Luna und Tiger grasten mitten auf der Koppel.

„Sunny! Sunny! Wo bist du?“, rief Fiona.

Ein Lichtblitz traf ihre Augen. Im Schatten unter den tief hängenden Zweigen der Blutbuche, die die Grenze zur Funkelwiese markierte, stand Sunny. Es war ihr Funkelstein, der zwischen den Stirnfransen hervorblitzte und Fiona blendete.

„Da bist du ja, Süße!“, rief Fiona. Sie kletterte durch den Zaun und lief über die Weide zu ihrem Lieblingspony. Komisch, dass Sunny ihr nicht wie sonst entgegentrabte! Doch das Pony sah Fiona freudig an, peitschte ungeduldig mit dem Schweif und machte einen kleinen Freudensprung, als seine Reiterin endlich da war.

„Da bist du ja“, wieherte Sunny. „Endlich!“

„Hast du mich vermisst? Ich dich auch!“ Fiona umarmte das Pony und kuschelte sich an sein seidenweiches Goldfell. Einen Moment hielt sie inne, dann erzählte sie von ihrem Nachmittag im Lichterseebad.

„Also deshalb kommst du erst jetzt zu mir“, sagte Sunny schnaubend. Fiona sah sie überrascht an. Sunny klang … gestresst oder genervt, so wie Papa, wenn Fiona ihm immer wieder beim Computerspielen über die Schulter guckte. Aber Sunny war nie genervt, sie war doch immer fröhlich und lustig!

„Alles in Ordnung, Goldpony?“, fragte sie.

Sunny warf anmutig den Kopf zurück, wie sie es oft tat. Ihre helle Mähne flog ihr wild um den Kopf. „Natürlich“, sagte sie. „Was soll die Frage? Gehen wir jetzt endlich auf den Hof zum Putzen? Es ist so heiß und mein Fell juckt. Du musst mich unbedingt striegeln.“

„Natürlich, Sunny." Fiona führte das Pony zum Koppelzaun und öffnete das Gatter. Unterwegs zum Hof Lichtenberg war Sunny nicht ganz so lebhaft wie gewohnt. Und ihre Worte und der komische Tonfall hallten noch lange in Fiona nach.

Irgendetwas war heute anders. Ihr Funkelpony benahm sich nicht so wie sonst.

Kapitel 9
Sorgen um Sunny

„Emma … Lea … Mila … oh, wie schön, ich kenne auch eine Mila! Sie ist ungefähr so alt wie du." Am nächsten Tag saß Fiona wieder im Kassenhäuschen des Lichterseebads und notierte fleißig die Vornamen der Gäste. „Charlotte, danke … Steffi … Katharina …"

Fionas Vornamenliste füllte inzwischen mehrere Seiten in ihrem Notizbuch. Die Fragerei wurde immer umständlicher. Sie brauchte lange, um bekannte Namen in der ellenlangen Liste zu finden und einen Strich dahinter zu machen. Außerdem war immer noch keine Josie zum Schwimmen gekommen.

Fiona war enttäuscht. Ihr Plan hatte ihr so gut gefallen! Dass Josie in der Nähe von Hof Lichtenberg wohnte, das war klar. Leo hatte es Leni und Fiona in einem Gespräch bestätigt: Else schickte die Mädchen nur zu Menschen, die nicht zu weit weg lebten. Dennoch tauchte Josie nicht auf. Es war wie verhext!

Insgeheim war Fiona dennoch ein kleines bisschen froh, dass sie den Namen Josie immer noch nicht gehört hatte. Denn sie hatte keine Ahnung, was sie tun würde, wenn sie das Mädchen endlich fand. Sie nach ihrer Adresse fragen? Sie ansprechen und ausquetschen? Ihr heimlich folgen wie ein Geheimagent?

Das Beste wäre, Leni fand so schnell wie möglich ihren Funkelstein wieder. Dann würde sie die knifflige Suche nach Josie sicher selbst schaffen und Fiona und Sunny würden wieder das tun, was sie am besten konnten: Menschen fröhlich machen.

Leni und Tiger waren allerdings noch nicht weitergekommen. Lenis Funkelstein war wie vom Erdboden verschluckt! Leni hatte Fiona erzählt, dass sie und Tiger deswegen sogar schon einen kleinen Streit gehabt hatten.

Und sogar Sunny wirkte verändert.

„Es tut mir so leid, dass ich so wenig Zeit für dich habe, meine Süße!", sagte Fiona am Nachmittag. Sie führte Sunny von der Koppel zum Hof, um sie zu putzen. Das Pony trottete mit gesenktem Kopf neben ihr her. „Soll ich lieber damit aufhören, nach Josie zu suchen? Was meinst du, Sunny?"

Das Pony blieb stehen und sah seine Freundin liebevoll an. „Nein, deine Idee ist gut“, sagte es und schnaubte lang und seufzend. „Aber ich vermisse dich, Fiona. Irgendwie fühle ich mich nicht so fröhlich wie sonst.“

Fiona wuschelte Sunny lächelnd durch die Mähne. „Das kann ich mir bei dir gar nicht vorstellen, Goldpony. Wetten, du machst gleich einen Luftsprung, wenn ich dir sage, dass morgen Sonntag ist und ich den ganzen Tag für dich Zeit habe? Na? Ist das nicht toll?“

„Ja“, meinte Sunny nur, rührte aber keinen Muskel.

„Och, Goldpony …“ Fiona kramte in ihrer Umhängetasche. „Dann bekommst du eben eine Möhre. Die habe ich mir extra von Fabio geben lassen, nur für dich.“

Sunny streckte den Hals und schnupperte an der dicken Karotte. Dann zuckte sie zurück. „Danke, aber ich mag gerade nicht. Das Gras auf der Koppel hat mir heute auch nicht so richtig geschmeckt.“ Sie seufzte erneut und setzte sich wieder in Bewegung.

Fiona runzelte die Stirn und eilte ihr hinterher.

Tau funkelte auf den Wiesen, als Fiona am nächsten Morgen aus dem Dorf hinausradelte. Die Sonne stand noch tief und ließ die Tropfen auf dem Gras am Wegrand wie Juwelen glitzern. Fiona dachte sofort an die

Funkelwiese. Sie würde so gern mal wieder mit Sunny dorthin reiten! Irgendwie machte sie dieser wunderschöne Ort immer glücklich – oder es lag nur daran, dass sie dort mit Sunny zusammen war.

Denn mit Sunny war sie ja immer glücklich. Unwillkürlich seufzte Fiona. Immer, außer gestern. Sunny war beim Putzen freundlich und lieb gewesen. Aber sie hatte keine Luftsprünge gemacht, Fiona nicht angestupst und nicht mit blitzenden Augen an ihrem T-Shirt geknabbert. Fiona konnte nur hoffen, dass dies heute Morgen anders war.

„Guten Morgen, ihr zwei." Fiona begrüßte Lise und Lotte, indem sie ihnen über die borstigen Rücken strich, und miaute Herrn Elch zu, der sich jedoch lieber hinter das Wohnhaus verzog. Im Stall war noch alles ruhig. Stroh raschelte. Fiona hörte die Ponys leise atmen.

Im Vorübergehen warf sie einen Blick in Stellas Box. Das Pony ließ den Kopf über die Tür hängen und sah Fiona aufmerksam an. Doch als sie das zartgraue Fell streicheln wollte, gab Stella einen schrillen Laut von sich, legte die Ohren an und zuckte zurück. Ihr Schopf teilte sich und ließ für einen Augenblick den himmelblauen Funkelstein mit dem Stern aufblitzen.

„Ruhe und Frieden?“, fragte Fiona. „Keine Spur. Wenn wir doch nur etwas für dich tun könnten, Stella!“

Aber das ging leider nicht. Else hatte es klar und deutlich gekrächzt. Die Funkelponys sollten sich im Moment um Josie ... und Elfriede kümmern. Fiona spürte ein Grummeln im Bauch. Hoffentlich fand sie bald Zeit, der alten Frau eine Freude zu machen!

„Guten Morgen!“ Fiona trat an Sunnys Box heran. Das Pony stand mit dem Rücken zu ihr, hatte einen Huf erhoben und den Kopf gesenkt. Es schien zu dösen. Fiona wollte es nicht stören und holte erst einmal den Putzkasten und einen Eimer Futter. Dann fegte sie die Stallgasse und öffnete das große Stalltor, um frische Luft hineinzulassen. Als sie mit ihren Aufgaben fertig war, hatte sich Sunny immer noch nicht vom Fleck gerührt.

Fiona mochte nicht länger warten und schlüpfte in die Box. „Ist aus meinem Wirbelwind etwa eine Schlafmütze geworden?“, fragte sie lächelnd und strich dem Pony sanft über die Stirn.

Sie erschrak. Sunnys Fell fühlte sich heiß und schwitzig an. Das Pony spürte Fionas Berührung und sah seine Freundin an. Die sonst so lebhaften dunklen Augen blickten heute trüb und teilnahmslos.

Fiona sah sich in der Box um. Das Heu von gestern war unangetastet und Fionas Möhre, die sie dem Pony dagelassen hatte, ebenfalls.

„Sunny", hauchte sie erschreckt. „Ich glaube, du bist krank!"

Eine Stunde später war Fiona nicht mehr allein. Hof Lichtenberg war zum Leben erwacht – aber was für ein Leben! Wo sonst fröhliches Reden und Spielen, Lachen und Kuscheln vorherrschten, wurde heute angespannt geraunt und besorgt geflüstert.

Leo hatte bei Sunny Fieber gemessen und festgestellt, dass das Pony erhöhte Temperatur hatte. Dann hatte sie einen Eimer kaltes Wasser, alte Handtücher und zwei Bandagen geholt. Damit hatte sie Sunny kühle Beinwickel angelegt.

„Kann ich jetzt weitermachen, Leo?", fragte Fiona. Sie wich nicht von Sunnys Seite. Leo ging nach draußen, tigerte vor der Box auf und ab und telefonierte mit Dr. Harsch. Leni, Jana und Aurelia standen vor Sunnys

Box und beobachteten das Funkelpony und seine Reiterin besorgt. Fiona bekam das alles gar nicht richtig mit.

„Sunny, mein Goldpony", flüsterte sie immer wieder und strich ihrem Liebling sanft über Hals und Kopf. „Willst du nicht ein wenig essen? Oder wenigstens etwas trinken?" Aber Sunny wollte nicht.

Endlich kam Dr. Harsch. Leonore legte Fiona einen Arm um die Schultern und schob sie aus der Box. Fiona blieb vor der Tür stehen und ließ den Tierarzt und das Pony nicht aus den Augen.

Sie mochte Dr. Harsch immer noch nicht, auch wenn er einer von Tills Freunden war. Täuschte sie sich oder fasste er Sunny bei der Untersuchung viel zu grob an? Und warum klopfte er Sunny so lieblos den Bauch ab? Was fuhrwerkten seine Hände da so lange an ihrer Mähne herum und jetzt auch noch an ihrer Stirnlocke?

Fiona hielt die Luft an. Sie spürte, wie auch Leo neben ihr ganz steif wurde. Der Tierarzt betastete Sunnys Ohren. Seine Finger kamen dem Funkelstein unter dem Schopf immer näher.

„Der Stein", hauchte Fiona. „Was, wenn er den Stein bemerkt?"

„Volker!“, sagte Leonore laut und der Tierarzt drehte sich zu ihr um.

„Ja?“, brummte er.

„Ähm …“ Leonore zögerte. Sie hatte ganz offensichtlich keine Ausrede parat, mit der sie den Tierarzt ablenken könnte.

„Wie geht es Sunny?“, warf Fiona ein.

Dr. Harsch warf ihr einen kurzen Blick zu. Er wirkte genervt. Oder ertappt? Wusste er, was er da gerade fast entdeckt hatte?

„Nun spann uns nicht länger auf die Folter“, sagte Leonore. „Was ist mit Sunny? Ist es schlimm?“

Dr. Harsch trat aus der Box. Er verstaute in aller Ruhe ein Fieberthermometer in seiner Tasche, zog die Gummihandschuhe aus und wischte sich den Schweiß von der Stirn. Es war schon wieder ziemlich heiß!

„Sie hat leichtes Fieber“, brummte er. „Sonst kann ich aber nichts feststellen. So etwas kann verschiedene Ursachen haben. Ein Hitzschlag wäre bei diesem Wetter zum Beispiel kein Wunder. Bestimmt seid ihr stundenlang durch die Sonne geritten, oder, Mädchen?“ Er blickte Fiona scharf an.

Sie schüttelte den Kopf. „Nein! Wir sind gestern gar

nicht geritten. Sunny war nur auf der Koppel, bis ich sie am Nachmittag reingeholt habe."

„Und auf der Koppel spenden Bäume Schatten. Viele Bäume", ergänzte Leonore.

Dr. Harsch winkte ab. „Na gut. Ruf mich morgen an, Leonore. Wenn es schlimmer wird, auch vorher. Dann muss ich Sunny Blut abnehmen, um eine Entzündung auszuschließen."

„Blut abnehmen? Mit einer Spritze?" Fiona biss die Zähne zusammen. Sie konnte doch nicht zulassen, dass dieser fiese Tierarzt Sunny mit einer Nadel stach!

„Ganz richtig, mit einer Spritze. Einer spitzen Nadel. Sooo lang." Dr. Harsch deutete mit den Händen eine Nadel an, die locker für einen Elefanten gereicht hätte.

„Mach keine Witze, Volker", sagte Leonore ernst. „Fiona macht sich nur Sorgen um Sunny und ich übrigens auch."

„Schon gut." Der Tierarzt nahm seine Tasche. „Erneuert regelmäßig die Beinwickel, gönnt Sunny Ruhe und beobachtet sie. Wir sehen uns morgen."

Sowie Dr. Harsch den Stall verlassen hatte, stürzte Fiona zu Sunny in die Box. Sie schmiegte sich an das Pony und verbarg das Gesicht in seiner Mähne. „Oh, Sunny! Bitte, bitte, werd ganz schnell wieder gesund!"

Kapitel 10
Kuchenzauber und Keksmagie

Fiona blieb den ganzen Tag bei Sunny. Ab und zu machte sie dem Pony kalte Beinwickel. Leonore hatte ihr erklärt, dass man das nicht zu oft tun durfte. Die restliche Zeit streichelte sie das Pony, redete mit ihm oder sah es einfach nur an. Gegen Mittag brachte Leo ihr ein paar belegte Brote in den Stall, aber Fiona mochte nicht essen, solange ihr Funkelpony nichts fraß.

Am Nachmittag stellte Jana einen Gartenstuhl in die Boxengasse. „Bist du nicht total erschöpft?", fragte sie und drückte Fiona auf die Sitzfläche. „Setz dich. Ich passe ein Weilchen auf Sunny auf."

Dankbar streckte Fiona die Beine aus und lehnte den Kopf gegen die Wand. Ihre Augen fielen zu, aber sie schreckte bald wieder hoch. Sie brauchte einige Augenblicke, um zu begreifen, was los war.

Fiona sprang auf. Ein Blick zum Futtereimer und

zum Heunetz verriet ihr, dass Sunny immer noch nicht gefressen hatte. Sanft legte sie dem Pony die Hand auf die Wange. „Magst du nicht doch ein wenig Heu?“, flüsterte sie. „Oder wenigstens etwas trinken? Bitte, bitte! Damit du wieder gesund wirst.“

Als Fiona die nächsten Beinwickel anlegte, kamen Leonore und Till in den Stall. Sie wollten nach Sunny sehen und dann einen kurzen Spaziergang machen. „Komm doch mit, Fiona“, sagte Till. „Du brauchst eine Pause. Sunny kommt auch mal kurz ohne dich zurecht.“ Doch Fiona schüttelte den Kopf. Sie konnte Sunny einfach nicht alleine lassen!

Leni, Jana und Aurelia leisteten Fiona abwechselnd Gesellschaft. Aber irgendwann bat Fiona ihre Freundinnen zu gehen. „Das ist nicht böse gemeint, aber Sunny braucht Ruhe, das spüre ich“, erklärte sie. Da machten sich die anderen Mädchen zu einem Ausritt auf. Sunny und Fiona waren allein auf Hof Lichtenberg.

„Fiona“, hauchte das Pony.

„Sunny! Wie geht es dir?“

„Es geht so. Aber es ist schön, dass du bei mir bist.“

„Ich bleibe immer bei dir“, versprach Fiona. „Aber sprich lieber nicht so viel. Spar dir deine Kräfte.“

Sunny schüttelte sachte den Kopf. „Wir müssen uns unterhalten“, sagte sie und wieherte leise, aber eindringlich. „Ich glaube, ich weiß, warum ich krank bin.“

„Ehrlich? Woher? Was hast du denn?“

„Ich kann es nicht genau erklären“, antwortete Sunny. „Aber ich spüre es ... es hat mit dem Funkelstein zu tun. Er ist ganz heiß und brennt auf meiner Haut. Mein ganzer Kopf tut weh.“ Sie schnaufte.

„Oh, Sunny!“ Fiona schlug die Hände vor dem Gesicht zusammen. Sie ahnte sofort, was los war. „Wir hätten Elses Worte nicht ignorieren dürfen! Ich glaube, du bist krank, weil wir uns immer noch nicht um Elfriede gekümmert haben.“

Sunny nickte langsam. „Ja, so fühlt es sich an. Elfriede braucht uns, und zwar schnell. Sonst wird es ihr und mir immer schlechter gehen.“

Fiona hatte ein schrecklich schlechtes Gewissen. Sie war von Josie geradezu besessen gewesen, das wurde ihr jetzt klar. Und Sunny musste deswegen leiden!

„Schon gut, Fiona“, sagte Sunny, als Fiona ihr das gestand. „Ich habe es doch auch nicht gewusst. Am besten gehst du jetzt zu Elfriede. Versuch, sie ein wenig fröhlicher zu machen! Du schaffst das bestimmt.“

„Wir können ihr aber nur zusammen helfen, du und ich, das weißt du doch." Fiona sah das Pony verzagt an. „Ich muss mir unbedingt etwas einfallen lassen."

Elfriede trug eine Schürze und hatte Mehlstaub im Gesicht, als sie Fiona die Tür öffnete.

„Fiona! Was für eine nette Überraschung", sagte sie. „Ich habe gerade eine Preiselbeertorte gebacken und Pudding gekocht. Tja, aber nun weiß ich gar nicht, wer das alles essen soll, wo Hans-Heinrich doch nicht da ist." Sie seufzte tief.

Gleich darauf saß Fiona in der behaglichen Küche vor einem riesigen Stück Torte. Vor ihr standen außerdem ein Schälchen Pudding und ein Becher eiskalte Milch.

„Könntest du nicht einfach weniger backen und kochen?“, fragte sie mit vollem Mund.

Elfriede stocherte in ihrer Torte, ohne zu essen. Entsetzt schüttelte sie den Kopf. „Aber was soll ich denn dann den ganzen Tag mit mir anfangen? Däumchen drehen? Das kann ich nicht. Dann macht mich die Einsamkeit ganz verrückt.“

Fiona schluckte schwer. Sie und Sunny hätten Elfriedes Einsamkeit schließlich längst ein bisschen erleichtern sollen! Aber zum Glück wusste die alte Dame das nicht.

„Die anderen Mädchen sind vorhin an meinem Haus vorbeigeritten“, sagte Elfriede jetzt. „Warum warst du denn nicht dabei?“

Da erzählte Fiona von Sunny und wie viel Zeit sie heute schon im Stall verbracht hatte.

„Und da halte ich alte Schachtel dich hier fest?“, fragte Elfriede. „Du willst doch sicher wieder zu deinem Pony! Na los, ab mit dir.“ Sie nahm Fiona das Geschirr weg, doch anstatt es aufzuräumen, tat sie noch mehr Torte darauf. Abwesend murmelte sie dabei vor sich hin.

Fiona biss sich auf die Lippen. Natürlich wollte sie am liebsten gleich wieder zu Sunny laufen, aber sie durfte auch Elfriede nicht alleine lassen! Plötzlich hatte sie eine Idee.

„Möchtest du vielleicht mit mir zu Sunny kommen?“, fragte sie. „Stöpsel geht bestimmt auch gerne eine Runde Gassi.“

Elfriede nickte langsam. „Warum nicht? Ein kleiner Spaziergang wird uns guttun.“

Elfriede und ihr Dackel warteten vor Sunnys Box, während Fiona die Beinwickel erneuerte, Sunny streichelte und frisches Heu holte.

„Dabei hat sie das alte Heu noch nicht mal angerührt“, erzählte Fiona Elfriede.

„Sie hat keinen Appetit“, erwiderte die alte Frau. „Das ist bei Hans-Heinrich auch immer so, wenn er krank ist. Ich backe dann immer meinen Spezialkuchen für ihn. Sag mal, mögen Ponys Kuchen?“

Fiona schüttelte den Kopf. „Kuchen ist viel zu süß. Aber man kann Pferdekekse ohne Zucker backen, das hat mir Aurelia mal erzählt.“

Elfriede klatschte in die Hände. „Ja, dann will ich Sunny gleich mal etwas Feines backen“, sagte sie. „Leonore hat sicher ein Rezept für mich. Möchtest du mir helfen, Fiona?“

Fiona blickte unsicher zu Sunny und die nickte kaum merklich. Sie sah müde aus und ihre Augen waren halb geschlossen. Vielleicht wollte sie einfach schlafen. „Ich komme wieder, sobald ich kann“, flüsterte sie dem Pony zu, dann folgte sie Elfriede über den Hof.

Leonore besaß tatsächlich ein Rezept für Pferdekekse und Elfriede hatte alle Zutaten in ihrer Speisekammer. Während Fiona Äpfel rieb und Möhren schälte, vergaß sie fast ihre Sorgen um Sunny. Es machte Spaß, mit Elfriede zu backen. Und das Beste war: Auch Elfriede wirkte auf einmal viel glücklicher! Sie erzählte und lächelte und wirbelte geradezu durch die Küche. Fiona merkte, dass die alte Dame es sehr genoss, sich um andere zu kümmern: entweder um ihren Ehemann oder heute um Fiona und Sunny.

Am späten Nachmittag trugen Fiona und Elfriede eine große Dose mit Pferdekeksen in den Stall. Jedes Pony bekam einen. Tiger, Luna, Opal und Stella verschlangen die Leckerbissen mit einem Happs – Stella hätte auch Fionas Finger dazu genommen, wenn sie ihre Hand nicht schnell weggezogen hätte. Sogar Sunny knabberte an einem Keks.

Leonore kam mit Till und dem Fieberthermometer in den Stall. Während sie bei Sunny die Temperatur maß, probierte ihr Mann einen Pferdekeks. „Super“, sagte er. „Knackig, mit Obst und Gemüse und ganz ohne Zucker. Das sollten auch Menschen essen anstatt immer nur Kuchen und Schokolade.“

Elfriede war damit natürlich gar nicht einverstanden, doch Fiona hörte ihrem Gespräch nicht weiter zu. Leonore hatte das Fiebermessen beendet, kraulte Sunny und lächelte Fiona vorsichtig an. „Es sieht etwas besser aus“, sagte sie. „Das Fieber ist leicht gesunken.“

Ein winziger Hoffnungstrahl leuchtete in Fionas Herz auf. Erschöpft von dem langen, sorgenvollen Tag, lehnte sie sich an Sunny und vergrub ihr Gesicht in ihrer Mähne. Für einen Moment vergaß sie alles um sich herum. Sie hörte gerade noch, wie Elfriede sagte: „Ich habe heute so eine schöne Preiselbeertorte gebacken. Eigentlich wollte ich Leonore und dir ein Stück anbieten, aber offenbar möchte der Herr Doktor lieber ganz gesund leben. Dann bringe ich die Torte eben ins Krankenhaus! Hans-Heinrich bekommt ein Stück und die Schwestern auch. Die eine, Schwester Katrin, hat mir erzählt, dass ihre Tochter Josefine ganz wild auf Torte ist.“

Fionas Herz schlug plötzlich bis zum Hals. Sie spürte es so sicher wie Sunnys Herzschlag an ihrem: Das war das Mädchen, das sie die ganze Zeit gesucht hatten! Sie hatten Josie gefunden.

Kapitel 11
Zwei Funkellichter werden eins

Fiona konnte es kaum glauben. Da hatten sie so lange nach Josie gesucht und darüber ihre eigentliche Aufgabe, Elfriede aufzuheitern, vernachlässigt. Und kaum taten sie das, servierte Elfriede ihnen das Mädchen sozusagen auf einem Kuchenteller. Denn Josefine musste einfach Josie sein, da bestand für Fiona überhaupt kein Zweifel.

Fiona blieb bei Sunny, als alle anderen schon gegangen waren. Das Pony war immer noch sehr schwach. „Das mit Elfriede hast du gut gemacht", schnaubte es leise. „Es geht ihr jetzt besser. Bestimmt funkelt mein Stein auch nicht mehr."

„Wir haben das mit Elfriede zusammen hinbekommen, du und ich", sagte Fiona. „Auch Josie kann jetzt endlich Hilfe bekommen. Ich muss nur Leni Bescheid sagen, dass sie die über das Krankenhaus finden kann."

Ihre Finger fanden den goldenen Stein unter Sunnys Schopf und zogen ihn hervor. Ein Lichtblitz traf ihre Augen und sie japste überrascht nach Luft. „Sunny! Dein Stein funkelt immer noch! Was soll das bedeuten?“

Sunny überlegte einen Moment, dann streckte sie den Kopf aus dem Boxenfenster und ließ ein Wiehern ertönen. Die anderen Ponys blickten neugierig auf den Hof hinaus. Stella antwortete schrill und trat mit dem Huf gegen die Boxentür.

„Was sollte das?“, fragte Fiona.

„Warte.“ Sunny schloss die Augen, von der Anstrengung sichtlich erschöpft. Fiona hörte besorgt, wie schnell ihr Atem ging.

Ein paar Minuten später kam ein schwarz-weißer Schatten angeflattert. Else hockte sich auf den Rand eines Blumenkübels, legte den Kopf schief und sah Sunny und Fiona aus ihren Knopfaugen durchdringend an.

„Du hast Else gerufen und sie ist gekommen!“, stellte Fiona überrascht fest. „Danke, Else! Hast du gewusst, dass Sunny krank ist?“

„Ja-ja-ja“, keckerte die Elster zur Antwort und dann: „Heff-heff-heff!“

„Sollen wir noch jemandem helfen?“, fragte Fiona. Sie teilte Sunnys Schopfhaare und legte den golden strahlenden Funkelstein frei.

Else starrte ihn an. „Josiiie!“, schrie sie dann heiser. „Josiiie!“

„Sunny und ich sollen Josie helfen? Aber das ist doch Lenis und Tigers Aufgabe!“, meinte Fiona überrascht.

Statt einer Antwort flatterte Else zu Tiger hinüber. Erneut rief sie Josies Namen, dann segelte sie zurück zu Fiona und Sunny und sagte den Namen wieder. Hin und her und her und hin, so ging es eine ganze Weile.

„Du meinst“, flüsterte Fiona, „wir sollen Josie gemeinsam helfen? Leni und Tiger und Sunny und ich?“

„Heff-heff-heff!“, bestätigte Else, flog auf, drehte eine Runde über dem Stall und verschwand in Richtung Lichtersee.

„Es ist doch wohl klar, was Else uns sagen will“, sagte Leni am nächsten Tag. Fiona und sie radelten gemeinsam zum Hof Lichtenberg. Unterwegs berichtete Fiona Leni, was am Vortag geschehen war. „Wir sollen zusammenarbeiten“, fuhr Leni fort. „Tiger, Sunny, du und ich. Nur gemeinsam können wir Josie helfen. Was auch immer eigentlich ihr Problem ist.“

„Hast du mit Jana oder Aurelia auch schon mal eine Aufgabe gemeinsam erfüllt?“, fragte Fiona.

Leni schüttelte den Kopf. „Nein. Aber vielleicht liegt es daran, dass mein Funkelstein weg ist. Tiger und ich sind sozusagen geschwächt.“ Sie sah verlegen zur Seite.

„Oder wir brauchen für Josie die Fähigkeiten beider Funkelponys“, schlug Fiona vor. „Sunnys Ausgelassenheit und Tigers Problemlösungen. Mit deinem Stein wäre es allerdings noch viel einfacher. Hast du wirklich überall gesucht?“

Fiona und Leni bogen auf den Hof ein und parkten ihre Räder vor dem Wohnhaus. „Natürlich habe ich das“, meinte Leni. „Ich habe mein Zimmer auf den Kopf gestellt, zweimal! Mein Vater hat sogar die Waschmaschine auseinandergeschraubt. Ich habe in allen Schränken und unter allen Betten gesucht, im Schuppen, im Lichterseebad … nichts!“

Fionas Augen wurden plötzlich groß und dann fing sie an zu lachen.

„Was ist bitte so witzig?“, fragte Leni genervt.

Fiona konnte nichts sagen, sie zeigte nur auf Lenis Gepäckträger. Leni blickte verständnislos darauf und dann brach auch sie in Lachen aus. Sie griff zwischen die Drähte und Stützen und hielt ihren Funkelstein in der Hand.

„Meine Kette!“, rief sie. „Bestimmt ist sie mir aus der Badetasche gefallen, als ich meinen Fahrradschlüssel gesucht habe. Und dann habe ich sie zwischen all den Metallteilen einfach nicht bemerkt.“

Fiona beruhigte sich langsam. „Die Kette ist eine Woche lang mit dir spazieren gefahren“, sagte sie vergnügt. „Wenn jetzt auch noch Sunny gesund ist, bin ich vollkommen glücklich!“

Leonore schickte Fiona und Leni auf die Koppel. Sunnys Temperatur war wieder normal, darum durfte sie draußen bei den anderen Ponys sein. „Sie soll sich neue Kräfte anfuttern, denn sie wirkt immer noch etwas schwach“, hatte die Hofbesitzerin seufzend gesagt.

Tiger trabte zum Zaun, als die Mädchen die Koppel betraten. Sunny schritt langsam zu Fiona und legte ihr schwer den Kopf auf die Schulter. Sie schnaubte matt.

„Na, Goldpony? Wie geht es dir?“ Fiona trat einen Schritt zurück und blickte Sunny prüfend an. Das Pony wirkte immer noch geschwächt und weniger lebhaft als sonst. Fiona seufzte. Sie hatte so gehofft, dass Sunny wieder richtig gesund wäre!

Sie hob eine Hand und streichelte das seidenweiche Fell zwischen Sunnys Nüstern. Dann teilte sie die hellen Stirnfransen und der funkelnde Stein kam zum Vorschein. Leni strich ebenfalls Tigers Schopf zur Seite. Die beiden Steine glänzten und schimmerten um die Wette.

Plötzlich hörte Fiona ein schrilles Wiehern und trommelnde Hufe. Stella kam angaloppiert. Man sah das Weiße in ihren Augen. Doch Tiger stellte sich schützend vor Sunny und die beiden Mädchen und verjagte das aufgeregte Pony.

Leni und Fiona sahen sich an. „Stella wird immer wilder", sagte Fiona. „Ich wünschte so sehr, wir könnten etwas für sie tun! Aber Else will, dass wir Josie finden. Mit Elfriedes Hilfe im Krankenhaus sollte das eigentlich auch klappen."

Doch da geschah etwas. Ein Lichtblitz wie eine Sternschnuppe schoss aus Sunnys Katzengold-Stein hervor und berührte das Tigerauge des Wallachs. Zwischen den beiden Ponys erfüllte ein wunderschönes Funkeln die Luft. Das Blitzen und Schimmern umgab auch die Mäd-

chen. Es war, als ob sie und ihre Funkelponys in einem Sternschnuppenschauer gefangen waren! Fiona war ganz erfüllt von dem wunderschönen Funkellicht und seiner Wärme. Glücklich schmiegte sie sich an ihr Goldpony und es schnaubte zufrieden. Ihre Freundschaft wurde immer fester, das spürten sie beide!

Die sternschnuppenartigen Lichtblitze vereinigten sich nun zu einer einzigen funkelnden Kugel. Sie schwebte wie ein kleiner Stern vor den Mädchen über dem Gras.

„Das Funkellicht will uns den Weg zeigen", sagte Leni. „Schnell, wir müssen ihm folgen!"

Fiona schluckte. „Bist du sicher? Ich weiß nicht, ob Sunny das nach der Krankheit schon schafft." Verzagt sah sie ihr Funkelpony an. Jetzt da das strahlende Licht sie nicht mehr einhüllte, ließ es wieder müde den Kopf hängen. Außerdem dachte Fiona an Leo. Als sie, ohne zu fragen, mit Sunny nach Mila gesucht hatte, hatte es ein ganz schönes Donnerwetter gegeben. Fiona war sogar sicher gewesen, Leonore würde sie vom Hof verbannen! Doch stattdessen hatte sie Fiona ihren eigenen Funkelstein gegeben.

Da hob Sunny plötzlich den Kopf. „Wenn du dabei bist, schaffe ich alles", schnaubte sie leise.

„Na also“, meinte Leni. „Wir führen die Ponys, ein kleiner Spaziergang ist bestimmt nicht schlimm. Am Koppelzaun hängen immer ein paar Stricke und Halfter, die können wir benutzen. Josie musste meinetwegen schon so lange auf die Funkelmagie warten! Komm schon, Fiona!“

Leni legte Tiger Halfter und Führstrick an und Fiona tat es ihr gleich. Das Funkelpony ließ es ruhig über sich ergehen, ganz ohne Tänzeln und Wiehern.

„Fühlst du dich wirklich stark genug, Sunny?“, fragte sie noch einmal.

Das Pony sah Fiona treuherzig an und setzte sich in Bewegung. Das Funkellicht war inzwischen ein Stück weitergewirbelt. Sunny und Fiona folgten ihm langsam. Sunnys Atem ging stoßweise und sie schwitzte schon jetzt. Fionas Magen zog sich zusammen vor Sorge. Hoffentlich machte sie keinen Fehler!

Kurz vor dem Hof erreichten die beiden Mädchen und ihre Ponys die Landstraße, die vom Dorf kam, und folgten ihr in der anderen Richtung.

„Weißt du, wohin die Straße führt, Sunny?“, flüsterte Fiona, als sie den Hof links liegen ließen. Das Funkellicht schwebte vor ihnen her wie ein übergroßes Glühwürmchen.

Sunny schüttelte den Kopf. „Hier war ich noch nie“, schnaubte sie.

Auch Leni und Tiger kannten sich nicht aus. Je weiter sie liefen, desto nervöser wurde Fiona. Wie lange würden Sunnys Kräfte reichen? Ihre Schritte wurden bereits langsamer und sie schnaufte lauter. Fiona biss sich auf die Lippen. Sunny war noch so schwach!

Endlich, kurz vor dem Waldrand, flirrte das Funkellicht nach rechts. Etwas abseits der Straße stand unter Bäumen ein dunkles Holzhaus. Das Funkellicht schwebte noch ein Stück weiter und erlosch.

„Ich glaube, wir sind da“, flüsterte Fiona. „Was machen wir jetzt?“

„Na, was schon?“, sagte Sunny und gab Fiona einen kleinen Schubser. „Du und Leni, ihr müsst zum Haus gehen. Ich ruhe mich hier mit Tiger aus.“

Die Mädchen banden ihre Ponys an den Zaun, streichelten sie zum Abschied und gingen zur Haustür. Es dauerte ewig, dann öffnete ein Mädchen in bunten, selbst genähten Klamotten.

„Bist du Josie?“, fragte Fiona.

Das Mädchen runzelte verwundert die Stirn. „Ja. Und wer seid ihr?“

„Ich bin Fiona und das ist Leni." Sie stockte. Hätte sie sich doch vorher eine Ausrede überlegt! Aber vor lauter Sorge um Sunny hatte sie nicht daran gedacht.

Zum Glück wirkte Josie ganz froh über den Besuch. „Hi, ihr beiden", sagte sie. „Jetzt bin ich aber total gespannt, was ihr von mir wollt."

„Können wir vielleicht reinkommen?", fragte Leni.

„Na klar!" Josie trat von der Tür zurück. Plötzlich schnaubte es hinter Fiona. Josie sah zu Sunny und Tiger hinüber. Ihr rundes Gesicht wurde plötzlich ernst.

„Ihr seid mit Ponys hier?", fragte sie. „Was soll das denn? Wollt ihr mich zu irgendeiner Aktion überreden? Oder kommt ihr von einem Zirkus? Sorry, aber damit will ich nichts zu tun haben."

Fiona und Leni schwiegen überrumpelt.

„Ich muss jetzt mein neues Kleid weiternähen", meinte Josie und schloss die Tür.

Kapitel 12
Stellas Geheimnis

„Josie hat uns die Tür vor der Nase zugeknallt“, erzählte Fiony kurz darauf Sunny. „Sie war echt komisch: erst ganz erfreut über unseren Besuch und dann total abweisend. Was machen wir denn jetzt?“

Sunny schnaubte und legte Fiona den Kopf auf die Schulter. Ihre Mähne kitzelte sie im Nacken und an der Wange und sie musste lächeln. Sunny hob den Kopf und neigte ihn auffordernd nach hinten.

„Wollen wir gehen?“, fragte Fiona.

Sunny machte die gleiche Kopfbewegung noch einmal. Es sah aus, als würde sie zu ihrem Rücken deuten.

„Soll ich aufsteigen?“, fragte Fiona mit großen Augen. „Schaffst du das denn?“

Sunny nickte. Trotzdem war Fiona nicht ganz wohl dabei, als sie vom Gartenzaun auf Sunnys Rücken kletterte.

„Was habt ihr vor?“, fragte Leni.

Fiona zuckte die Schultern. „Ich glaube, Sunny hat einen Plan“, meinte sie.

Sunny lief langsam in den Garten von Josies Haus, umrundete das Wohnhaus und sah in alle Fenster. Auf der Rückseite des Hauses fand sie schließlich, was sie gesucht hatte: Josie hockte in einem Zimmer auf dem Fußboden und schnitt bunte Stoffe zu. Sunny hob ein Bein und klopfte sanft gegen das bodentiefe Fenster. Das Mädchen blickte auf und sah finster nach draußen.

Sunny schüttelte den Kopf, dass ihre Mähne hin und her flog, und tänzelte seitwärts, weg vom Fenster und wieder zurück. Fiona auf ihrem Rücken wurde ordentlich durchgeschüttelt. Das war doch viel zu anstrengend für Sunny! Außerdem wirkte es bestimmt total albern, dass sie auf Sunnys Rücken hing wie ein Sack Kartoffeln. Und da begriff Fiona. Genau das war Sunnys Plan: Sie wollte Josie zum Lachen bringen!

Und es wirkte. Josie beobachtete Pony und Reiterin aufmerksam. Auf ihren Lippen lag ein winziges Lächeln.

Nun drückte Sunny das Maul an die Scheibe, hob die Oberlippe und riss die Augen auf. Von innen musste man eine fürchterliche Grimasse sehen! Fiona verkniff sich das Kichern. Josie aber sah so komisch aus, eine Mischung aus schockiert und belustigt, dass Fiona nicht mehr an sich halten konnte und laut loslachte. Da fing auch Josie an zu kichern. Sie stand auf und riss die Fenstertür auf.

„Fiona!“, sagte sie lachend. „Was machst du denn für einen Quatsch mit deinem Pony?“ Kichernd lehnte sie sich in den Fensterrahmen. Als sie sich halbwegs beruhigt hatte, streckte sie unsicher die Hände nach Sunny aus. Das Funkelpony trat vor und hauchte Josie ganz sanft ihren Atem in die Handflächen. Josie sah plötzlich aus wie verzaubert.

„Können wir noch mal mit dir reden, Josie?“, fragte Fiona. „Komm doch mit zu Leni und Tiger, ja? Es ist wichtig.“

Josie zögerte einen Moment. Dann trat sie aus der Tür und folgte Fiona und Sunny nach draußen.

Leni begann sofort, Josie in ein Gespräch zu verwickeln. Fiona war heilfroh, dass sie das erfahrene Funkelmädchen an ihrer Seite hatte. Denn sie selbst und Sunny hatten Josie zwar mit ihren Späßen aufgeheitert, doch da war noch etwas. Der Grund für Josies abweisende Stimmung war nicht so einfach verflogen.

Und hier kam Leni ins Spiel. Sie unterhielt sich eine

Weile mit Josie über dies und das. Fiona hatte keine Ahnung, worauf Leni hinauswollte, und war ziemlich verblüfft, als sie plötzlich sagte: „Du bist früher geritten, stimmt's?"

Josie verzog das Gesicht, nickte aber. „Es stimmt, ich bin früher reiten gegangen", sagte sie. „Das schönste Hobby der Welt! Aber dann wurde mein Lieblingspony plötzlich verkauft."

„Und das war Stella, richtig?", fragte Leni weiter. „Eine hübsche graue Stute? Sie wohnt jetzt auf dem Reiterhof, auf dem auch Tiger und Sunny zu Hause sind. Ihr geht es leider gar nicht gut dort." Leni erzählte genau, wie sich das Pony in den letzten Tagen verhalten hatte.

„Arme Stella!", rief Josie. „Das klingt ja schrecklich! So etwas hat sie bei uns nie gemacht! Sie war diesen Sommer meistens im Stall, weil auf den Weiden ein giftiges Unkraut wucherte."

„Dann komm doch mit uns zum Hof Lichtenberg", schlug Fiona schnell vor. „Wenn du und Stella euch immer so gut verstanden habt, vermisst sie dich bestimmt. Sie wird so froh sein, dich zu sehen!"

Wieder wurde Josies Gesicht unerwartet ernst und verschlossen. „Wisst ihr, Stella war lange mein Lieblingspony. Aber dann kam ich eines Tages in den Stall und sie war weg. Verkauft. Ich konnte mich nicht mal verabschieden! Ich weiß ja, dass sie nichts dafür kann. Aber so etwas möchte ich mir nicht noch einmal antun."

Es dauerte eine ganze Weile, doch mithilfe von Sunnys heiterer Art und Lenis guten Argumenten schafften sie es schließlich: Josie begleitete Fiona, Leni und ihre Ponys zum Hof Lichtenberg.

Unterwegs beobachtete Fiona ihr Goldpony genau. Es ging immer noch langsam, aber etwas munterer als auf dem Hinweg und seine Augen hatten einen neuen Glanz. Fiona drückte beide Daumen, dass es Sunny nun endlich besser ging!

Sie erreichten Hof Lichtenberg und den Feldweg, der zur Koppel führte. „Dahinten ist Stella, siehst du sie schon?", fragte Fiona.

Josie blieb stehen und spähte in die Ferne. Und dann rannte sie los. „Stella, Stella!", rief sie.

Die graue Stute hob den Kopf. Ihre Ohren zuckten vor und zurück und ihre Nüstern blähten sich. Dann trabte sie an und galoppierte schließlich mit wehender Mähne zum Zaun. Fiona hielt die Luft an. So hatte sie

Stella schon öfter gesehen. Würde sie gleich wieder etwas Wildes tun, treten oder schnappen zum Beispiel?

Aber nichts dergleichen geschah. Als sie zum Zaun kam, streckte sie die Nase nach Josie aus, die ihr eine Hand auf den Nasenrücken legte. „Stella", sagte das Mädchen leise und das Pony schnaufte lang und zufrieden. Dann kletterte Josie durch das Gatter und schlang dem Pony die Arme um den Hals. Ein Zittern lief durch Stellas Körper, als würde sie die Anspannung von Wochen loslassen.

Fiona musste über das ganze Gesicht lächeln. Erleichtert lehnte sie sich an Sunnys Hals. Sie spürte ihre Wärme und den vertrauten Duft ihres Fells. So hätte sie ewig kuscheln können!

„Fiona! Sunny!" Eine Stimme riss Fiona aus ihren Träumen. Es war Leo, dicht gefolgt von

Dr. Harsch und seinem grässlichen Riesenhund Nox. „Fiona, was tust du außerhalb der Koppel? Willst du sie etwa reiten? Sunny ist krank, sie braucht Ruhe. Was soll das?“

Fiona wollte etwas erwidern, aber Dr. Harsch brummte nur und drängte sich an ihr vorbei. „Ich wollte das Pony noch einmal untersuchen. Nach dem Fieber gestern sollte es heute noch keine Ausritte machen. Wie unverantwortlich von dir … Wahrscheinlich hast du Sunny damit ernsthaft geschadet … dummes Kind …“ Nox knurrte. „Aus, Nox!“, befahl der Tierarzt und sein Hund verstummte.

Fiona traten die Tränen in die Augen. Sie hatte ja gewusst, dass Sunny noch sehr schwach war. Hatte sie ihr wirklich ernsthaften Schaden zugefügt?

„Fiona und Sunny waren gar nicht lange unterwegs“, verteidigte Leni sie. „Und wir haben auf sie aufgepasst. Es war wichtig.“ Fiona sah, wie Leni Leonore zuzwinkerte. Die blickte von Fiona und Sunny zu Stella und Josie. Sie begriff, sah aber immer noch ernst aus. „Sunnys Gesundheit ist das Allerwichtigste. Hoffentlich fiebert sie nicht wieder! Wie ist deine Einschätzung, Volker?“

Der Tierarzt hatte seine Untersuchung inzwischen

beendet. Fiona wagte kaum zu atmen. Es musste Sunny gut gehen, es musste einfach! Aber Dr. Harsch ließ sich Zeit mit der Antwort.

„Alles in Ordnung", brummte er schließlich. „Sunny scheint wieder ganz fit zu sein. Das war trotzdem extrem unvorsichtig von dir." Er warf Fiona einen strengen Blick zu. „Bei Fuß, Nox", blaffte er und marschierte mit seinem Hund zum Hof zurück.

Leonore schüttelte den Kopf. „Alter Griesgram", sagte sie leise und Leni grinste.

Fiona hatte nur noch Augen für Sunny. „Geht es dir wirklich wieder gut? Ganz ehrlich?", fragte sie.

Sunny wartete, bis Dr. Harsch weit genug entfernt war, dann hauchte sie: „Ja, Fiona. So gut wie selten zuvor. Josie aufzumuntern, hat mich wieder richtig gesund gemacht." Wie zum Beweis spitzte das Goldpony die Ohren, stieg in die Luft und wieherte fröhlich.

Auch Leonore klopfte Sunny glücklich den Hals. „Jetzt müsst ihr mir alles ganz genau erzählen. Wer ist das Mädchen dahinten bei Stella?"

Leise, damit Josie nichts mitbekam, berichteten Fiona und Leni von ihren Funkelaufgaben.

„Das habt ihr wunderbar gemacht!", rief Leo begeistert. „Fiona, Sunny, Leni, Tiger, ich bin stolz auf euch alle! Ihr habt Josie und Stella gleichzeitig geholfen! Endlich sind sie wieder vereint. Nach allem, was ihr erzählt habt, war Josie unglücklich, weil sie Stella vermisste. Und Stella ging es offenbar genauso."

„Nicht ganz", sagte Leni und Tiger wieherte hell. „Tiger und ich glauben, es gibt da noch ein Problem. Wir haben Josie vorhin ganz genau zugehört und während Dr. Harschs Untersuchung haben wir Stella auf der Koppel beobachtet. Nun haben wir eine Idee: Stellas Problem war nicht nur die Sehnsucht nach Josie, es gibt noch etwas viel Ernsteres."

„Ach", sagte Leo überrascht. „Was denn?"

Leni grinste. Sie war ganz in ihrem Element: reden und erklären. „Wir mussten richtige Detektivarbeit leisten und unsere Beobachtungen aus den letzten Tagen zusammentragen", erzählte sie. „Zunächst ist uns aufgefallen, dass Stella immer in der gleichen Ecke der Koppel gestanden hat, nämlich dort hinten am Seeufer. Nur manchmal ist sie an den Zaun galoppiert, und zwar immer, wenn wir die anderen Ponys abgeholt haben. Zuerst haben wir gedacht, sie wollte einfach nicht so viel alleine sein."

„Aber das war es nicht?", fragte Leo.

Leni schüttelte den Kopf. „Tiger hat außerdem bemerkt, dass Stella nur Gras frisst und um Kräuter und andere Pflanzen einen riesigen Bogen macht. Um den Löwenzahn dahinten zum Beispiel. Und nicht nur das: Wann immer eins der anderen Ponys Löwenzahn gefuttert hat, wurde Stella besonders wild. Einmal hat sie sogar nach Sunny getreten." Fiona und Leonore lauschten interessiert. Leni machte eine kurze Pause und lächelte siegesgewiss. „Tiger und ich haben uns einen kleinen Test überlegt. Seht mal zu." Leni lief mit Tiger auf die Koppel, pflückte etwas Löwenzahn und hielt ihn Stella hin. Nach kurzer Zeit warf Stella den Kopf nach hinten und rannte mit angelegten Ohren davon. Josie lief ihr nach, um sie zu beruhigen. Leni ging zu Fiona und Leo zurück.

„Habt ihr das gesehen?", fragte das Mädchen. „Nicht nur, dass Stella fast ausgeflippt ist, sie fing auch an zu niesen und ihre Augen haben getränt. Tiger und ich glauben: Stella hat eine Allergie gegen Löwenzahn und vielleicht

auch gegen andere Wiesenkräuter. Auf ihrem Lieblingsplätzchen am See wächst davon nichts. Außerdem weht Wind vom See herüber, der kaum Pollen mitbringt. Weil es so warm und trocken ist, sind die nämlich überall in der Luft. Und ans Gatter ist Stella galoppiert, damit sie endlich jemand von dieser Koppel wegbringt. Dazu passt übrigens auch, was Josie erzählt hat: Stella war auf ihrem alten Hof diesen Sommer kaum auf der Koppel. Da konnte die Allergie also niemandem auffallen."

Leonore schwieg, sie starrte Leni und Tiger fassungslos an. „Das wäre ja … unglaublich. Die arme Stella!" Leonore fing an, in ihren Taschen zu kramen und sich durch die Haare zu streichen. Sie war ganz aus dem Häuschen. „Ich werde gleich Volker bitten, dass er bei Stella einen Test macht. Sicher kann man so eine Allergie behandeln. Und in der Zwischenzeit bleibt sie im Stall. Ich muss sie sofort holen." Sie kletterte durch den Zaun, kam jedoch noch einmal kurz zurück. Sie umarmte Leni und klopfte Tiger liebevoll den Hals. Lächelnd blickte sie von den beiden zu Fiona und Sunny. „Ihr vier habt Stellas Geheimnis gelüftet und Josies gleich mit dazu. Ihr seid tolle Funkelmädchen und Funkelponys!"

Ein paar Tage später kühlte das Wetter ab und es begann zu regnen. Er wusch die Luft rein und Stella durfte zum ersten Mal wieder nach draußen. Fiona, Leni, Jana und Aurelia holten sie gegen Abend im Stall ab. Sie kamen gerade vom Kaffeetrinken bei den Landmanns und ihre Bäuche waren zum Bersten gefüllt. Elfriede hatte zur Feier von Hans-Heinrichs Entlassung aus dem Krankenhaus eine noch größere Preiselbeertorte gebacken als beim letzten Mal.

Gemeinsam führten die Mädchen Stella zur Koppel am See hinunter. Sunny, Tiger, Opal und Luna warteten bereits am Gatter auf das Pony. Sunny wieherte ihm vor Freude entgegen.

Stella betrat ruhig die Koppel und hielt ganz still, während ihre neuen Freunde sie umringten. Sie strahlte Frieden und Gelassenheit aus und sogar Sunny wurde für einen Moment ganz ruhig. Dann trabte sie an und die anderen Ponys folgten ihr. Gemeinsam drehten alle fünf eine Runde um die Koppel. Schweife und Mähnen wehten im Abendwind und die tief stehende Sonne ließ die letzten Regentropfen im Gras auffunkeln.

„Stella geht es viel besser", stellte Leni fest. „Sie hat

Josie zwar vermisst, aber richtig gequält wurde sie von dieser blöden Allergie."

„Heute war übrigens Josie hier und hat bei Leo eine Probereitstunde genommen", erzählte Aurelia. „Auf Stella natürlich. Sie hat sich gar nicht so dumm angestellt."

Fiona riss die Augen auf. „Wird sie wiederkommen? Ist sie vielleicht sogar Stellas Funkelfreundin?"

Aurelia zuckte die Schultern. „Leo hat ihr angeboten, öfter zu kommen. Aber ich weiß nicht, ob Josie sich wirklich traut. Sie hat wohl Angst, dass ihr Stella irgendwann wieder weggenommen wird. Also näht sie jetzt lieber." Aurelia schnaufte erbost. „Als ob eine ratternde Maschine jemals so wundervoll sein könnte wie Luna oder eins der anderen Ponys!"

Die anderen waren ganz ihrer Meinung, nur Jana hatte Verständnis. „Ein neuer Reiterhof, fremde Mädchen, irgendwie also ein ganz neues Hobby", sagte sie. „Für so eine Veränderung braucht man Mut. Gebt ihr noch ein wenig Zeit! Vielleicht gehört sie ja irgendwann doch zu uns."

Die Ponys hatten ihre Runde beendet und kamen zu den Mädchen zurück. Sunny preschte zum Gatter, wo sie eine elegante Vollbremsung hinlegte. Sie stupste Fiona an und forderte sie auf, ihr zu folgen. Schon trabte sie wieder davon. Fiona grinste und rannte dem Pony hinterher. Es ging über die Koppel bis zu der riesigen Blutbuche, die wie ein natürliches Dach den Übergang zur Funkelwiese schützte.

Darunter blieb Sunny kurz stehen. „Wollen wir?“, fragte sie.

Fiona nickte lächelnd. Sie legte Sunny einen Arm um den Hals und sie gingen Seite an Seite weiter.

Das vertraute Funkeln fegte über sie hinweg und begleitete ihre Schritte auf die magische Wiese. Das Gras glänzte im dämmrigen Abendlicht und am Ufer des Bachs entdeckte Fiona hier und da rote, rosafarbene oder grüne Flecken. „Noch mehr Funkelsteine!“, wisperte sie, dann verschwand das bunte Schimmern wieder.

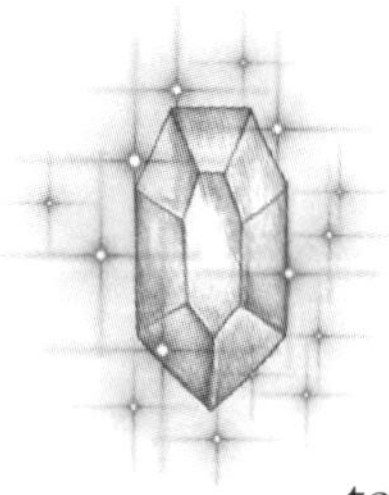

Keckernd flatterte Else, die Elster, vorüber. Fiona schwang sich auf Sunnys Rücken. „Hinterher, mein Funkelpony!“, rief sie fröhlich.

Sunny galoppierte an und Fiona schmiegte sich an sie. Der Funkelstein auf ihrer Brust fühlte sich warm an. Ihr Herz und Sunnys Hufschläge klopften im gleichen glücklichen Takt.

Fiona

Leni